講談社文庫

つばさ111号の殺人

西村京太郎

講談社

目次

第一章　二人消えた　7
第二章　失踪　54
第三章　予告殺人　98
第四章　プラス二人　141
第五章　椅子取りゲーム　185
第六章　一人一千万円　223
第七章　最後の賭け　260

つばさ111号の殺人

第一章　二人消えた

1

六月三日の朝、十津川《とつがわ》は、朝食をとりながら、新聞を読んでいて、その小さな記事に、引きつけられた。

それは、

「中年の孤独死」

という見出しだった。記事には、こうあった。

「昨夜、三鷹市下連雀《しもれんじゃく》×丁目、アパート富士見荘の二階、二〇六号室で、住人の宮田《みやた》直人《なおと》さん、四十二歳が、風呂場で死んでいるのを、管理人が発見して、警察に届けた。

宮田さんは、手首を切っており、自殺とみられている。

管理人の話によれば、宮田さんは、訪ねて来る人もなく、電話がかかってくることもなく、孤独だったと、いわれている」

それだけの、短い、小さな記事だった。

十津川が、注目したのは、宮田直人という名前に、記憶があったからである。

去年の三月五日、中野で、殺人事件が発生した。白昼の殺人だった。

現場は、「サンクチュアリ」という喫茶店の店内。時刻は、午前十一時を少し過ぎた頃。

店内には、八人の客が、いた。そこに、ハーフコートを羽織り、サングラスをかけ、帽子をかぶった、背の高い男が入ってきた。

その男は、まっすぐ、カウンターに近づくと、カウンターの中で、コーヒーを淹《い》れていたオーナーの本間順一《ほんまじゆんいち》、五十歳を、持参したナイフで、いきなり、突き刺し、倒れるのを見届けてから、ゆっくりと、店を出ていった。

ウエイトレスの、大石《おおいし》あずさ、二十歳が、悲鳴を上げたので、大騒ぎになり、すぐ、救急車を呼んだが、病院に運ばれる途中で、本間順一は、亡くなった。死因は、失血死だった。

この事件を担当した、捜査一課の十津川班は、事件から一週間後、殺された喫茶店のオーナー、本間順一と、金銭のトラブルを起こしていた松本弘志《まつもとひろし》、三十歳を、逮捕した。

逮捕された松本弘志は、本間順一との間に、金銭の貸し借りをめぐる、トラブルがあったことは、認めたが、三月五日には、中野にも行っていないし、本間順一とも、会っていないと、主張した。

問題は、目撃者の証言だった。

オーナーの、本間順一が殺された時、店には八人の客がいた。プラス、ウエイトレスの大石あずさもいたから、全部で、九人の証言者がいたことになる。

松本弘志が、オーナーの、本間順一を刺すのを見た、あるいは、三月五日の午前十一時五分頃、松本弘志が、問題の喫茶店に入るのを見たと、証言したのは、八人の客のうちの半分四人と、ウエイトレスの大石あずさの、五人だった。

最終的には、この五人の証言によって、松本弘志は起訴され、公判で、十二年の懲役刑が下された。

松本弘志は、公判で、証人席にいた五人を、睨《にら》みつけ、

「お前たちを、一人残らず、殺してやる！」

と、大声で怒鳴って、裁判長から、叱責されている。

松本弘志は三十歳だが、消費者金融会社を経営していて、社員が四人ほどいたから、その社員に命じて、五人の証人を、脅迫するのではないかとも思われたが、松本弘志本人は、素直に、府中刑務所に、収監され、三ヵ月後に、脳血栓で、突然亡くなってしまったのである。

今年の五月二十日、五人の証人のうちの一人、喫茶店「サンクチュアリ」のウェイトレス、大石あずさが、ボーイフレンドと一緒に、遊びに行っていた沖縄の石垣島の海で、溺死した。

沖縄の警察は、泳いでいるうちに、海流に流されて、溺死したと発表した。

そして、今度は、宮田直人である。

宮田直人も、去年三月五日の殺人事件では、五人の証人の一人だった。

当時、宮田直人は、中野のアパートに住んでいて、喫茶店「サンクチュアリ」では、モーニングサービスを利用する、常連客の一人だった。

アパートには、エアコンがあったが、故障していたので、宮田は、近くの喫茶店「サンクチュアリ」に来ては、モーニングサービスを頼み、それを食べながら、店の隅で、原稿を書いていたという。

そのために、三鷹に、犯行を目撃し、証人になっていたのである。

その後、三鷹に、引っ越していたのは、知らなかった。

十津川が、出勤して、亀井《かめい》に、

「三鷹に行ってみようと、思っている」

と、いうと、

「例の証人の件ですね？」

亀井も、敏感に応じた。

彼も、今朝の朝刊を、読んでいて、気になっていたのだという。

上司の許可をもらって、二人は、パトカーで、三鷹に向かった。

「警部が、宮田直人の死が、気になったのは、やはり、石垣島の件があるからですか？」

車の中で、亀井が、きく。

「そうなんだ。これで、去年の三月五日の事件の証人のうち、二人が、死んだことになるからね。それに、公判の時、被告人の松本が、証人たちに向かって、お前たちを、一人残らず、殺してやると、叫んだ。あの声が、どうしても忘れられないんだ」

「しかし、その松本は、府中刑務所で、すでに、脳血栓で死んでいますよ。彼が社長をやっていた、会社の松本金融も、すでに、解散してしまっています」

「確かに、そうなんだがね」

十津川は、うなずいたものの、やはり五人の証人のうちの二人もが亡くなったことに、引っかかるものを感じていた。

三鷹に着き、現場の、富士見荘というアパートを訪ねた。

現場には、地元三鷹署の、パトカーが来ていた。

鈴木《すずき》という、三鷹署の警部が、十津川たちに説明した。

「昨夜の、午後九時過ぎに、一階の住人から、天井から、水が漏れているといわれて、管理人が、二階の二〇六号室を、調べたところ、湯舟の中で、住人の宮田直人が、手首を切って死んでいるのを、発見したんだそうです。水が出しっぱなしになっていたので、下の一階に、それが、漏れたんですね。手首を切ったと思われる、カミソリの刃も、浴室から、発見されました。管理人は、すぐ、一一九番に電話をして、救急車を、呼んだのですが、病院に行く途中で、死亡が確認されました。遺体は、今、司法解剖のために、大学病院に運ばれています。現場の二階を、ご覧になりますか？」

鈴木警部は、十津川と亀井を、二〇六号室に案内した。

1DKの部屋だが、小さなキッチンも、バスルームも、付いている。トイレとバスルームが、セットになった造りである。

バスタブには、お湯が半分ほど残っているが、もちろん、すでに、冷たくなっている。

宮田は、裸で、湯舟につかり、カミソリの刃で、手首を切ったらしく、湯舟の中は、赤く染まっている。

「たいへんな出血だったようです」

と、鈴木が、いった。

「自殺ということは、間違いないのかね？」

十津川が、いうと、鈴木は、

「ええ、現場の状況から見て、まず、間違いないと思いますね」

「そう、断定した理由は？」

「宮田は、もう四十二歳ですよ。結婚もしないで、若い頃からずっと、小説を書き続けていましたが、ものになる様子も、ありません。ある同人誌に、所属していたようなんですが、そこの同人たちの話でも、可哀《かわい》そうだが、宮田直人には、作家としての、才能がないと、いっています。毎月一回の同人誌の集まりにも、最近は、出てこなくなったそうですよ。会員の話では、この歳になると、今さら、会社勤めもできないし、俺には才能がないのかもしれないと、盛んに、ぼやいていたそうです。両親も亡くなって、天涯孤独だったそうですから、人生に絶望して、発作的に、手首を切ったんじゃありませんか？」

と、鈴木が、いった。

何もない部屋だった。

いかにも、安物といった感じの机の上には、原稿用紙が、置かれていたが、何も書かれていない。

「毎月の部屋代なんかは、どうしていたんだろう？」

「これも、管理人の話なんですが、宮田直人は、時々、アルバイトをしては、お金を貯めて、それで、部屋代を支払い、その一方、部屋に籠《こも》って小説を書いていたようですが、ここ二ヵ月間、部屋代が、とどこおっていて、管理人が請求していたようです。もしかすると、そんなことも、宮田が自殺に走った、原因じゃないでしょうか？」

「ほかに、自殺の理由は？」

十津川が、きくと、

「これだけでも、十分じゃありませんか？　四十二歳は、若すぎますが、もう二十年も、小説の勉強をしているのに、ものにならない。といって、いまさら、会社勤めもできないと、管理人に、いっていたようですし、いわゆる、前途を悲観して、自殺したんじゃないかと、私は、考えますが」

と、鈴木が、いった。

「携帯電話が、見つからないが、持っていなかったのかね？」

「宮田直人は、いまどきの人間としては珍しく、携帯電話を、持っていなかったようですよ。考えてみれば、宮田には、携帯は必要なかったんじゃありませんか？　携帯電話があっても、電話をしてくるような相手も、かける相手も、いなかったようですし、事実、外とのつながりといえば、さっきも、申し上げたように、同人誌だけですから、電話が必要な時は、このアパートの、管理人の部屋に行って、そこの電話を、借りていたようです」

「同人誌の名前は、わかりますか？」

「ええ、『二十一世紀文学』という名前で、主宰者は、井の頭公園の近くに、住んでいます」

鈴木は、電話番号を教えてくれた。

十津川と亀井は、井の頭にいるという同人誌「二十一世紀文学」の主宰者に、会いに行った。

井の頭公園の近くに建つ、マンションの一室が、主宰者、渡辺明《わたなべあきら》の住居であり、事務所でもあった。

渡辺明は、六十歳前後の年齢に、見えた。

狭い部屋には、今までの同人誌「二十一世紀文学」が、うずたかく、積まれていた。

「同人の宮田直人さんが、亡くなったのは、ご存じですか？」

十津川が、きくと、渡辺は、エッという顔になって、

「それは、本当ですか？」

「昨夜遅く、自宅の風呂場で、自分の手首を、切ったらしいんですよ」

「じゃあ、自殺ですか？」

「その点は、まだ、わかりませんが、もし、自殺だとすると、何か、思い当たるよう

なことは、ありますか？」

「自分の才能に、絶望したのかな？」

と、渡辺が、いう。

「宮田さんは、かなり長い間、こちらの、同人だったようですね？」

「そうですね。もう、二十年近くになりますかね」

「その間、ずっと、原稿を書いていたわけですね。宮田さんが、ものにならなかった理由は、何かあるんですか？」

亀井が、きいた。

「たぶん、何かが、足らなかったんですよ。しかし、書いている本人には、それが、わからない。周りの人間にだって、わからない。小説は、そういうものなんですよ。ある日突然、脚光を浴びたりする。逆に、一生書き続けても、ものにならないことも、ありますからね」

「最近は、同人の集まりにも、顔を出さなかったようですが？」

「そうですね。ここ二ヵ月、来ていませんね。うちは、毎月十日に集まりがあって、同人誌に載せた作品を、批評し合ったり、励まし合ったりするのですが」

「その理由を、本人は、何かいっていましたか？」

「いいえ、何もいっていませんでした。向こうから、連絡も来なかったし」

「去年の三月五日ですが、宮田さんが、殺人を目撃して、証人になったことがあるんですよ。そのことは、ご存じですか？」

十津川が、きくと、渡辺は、微笑して、

「ええ、その件は、宮田君本人から、聞いています」

「そのことを、小説に書きたいといったことはありませんか？」

「実は、私も、勧めたことがあるんです。彼はずっと、ファンタジーを書いていましてね。それがものにならなかったので、時には、現実の事件を、題材にして書いてみたらどうか？　今度のことが、いい機会じゃないか？　と、勧めたんですが、彼は、そういう題材では、書く気がしないと、そういって、あの事件については、一回も、書いていませんね」

「宮田直人さんは、あなたから見て、どんな人に、見えましたか？」

「そうですね。真面目《まじめ》で、何事にも、一生懸命でしたね。二十年間、ひたすら、小説を書いていました。しかし、作家には、もう少し奔放なところが、必要なんですよ。それが、宮田君には、なかったのかもしれませんね」

「宮田さんは、ファンタジーを書いていたんですね？」

「そうなんですよ。こんないい方はおかしいかもしれないけど、夢物語を、真面目に書いてしまう。飛躍が、ないんですよ。性格が真面目だから、ウソが書けなかったんじゃないかな」

「宮田さんに、恋人は、いなかったんですか？」

「いなかったと、思いますよ」

「どうして、恋人を作らなかったんでしょうか？」

「それも、宮田君の、真面目な性格のせいじゃありませんかね。小説で食べられるようになったら、恋人を作って、結婚したい。そんなことを、いっていましたからね。売れない小説を書きながら、女を作って、適当に遊ぶ。そういう器用なことは、できない人だったんですよ、宮田君は。だから、小説で食べられるようになるまでは、恋人も、作らなかったんじゃありませんかね。今、うちの同人は、二十人いるのですが、宮田君に、彼女がいるという噂を聞いたことのある人は、一人も、いないと思いますよ」

「もし、宮田さんが、殺されたとしたら、どういう人間が、犯人だと、思われますか？」

十津川が、きくと、渡辺は、笑って、

「宮田君のような真面目な人間を、いったい誰が、殺すんですか？　真面目一方で、ウソのつけない男だから、彼を恨んでいた人間なんて、一人もいませんよ。生活費は、アルバイトで、稼いでいるといっていましたから、お金なんかも、ほとんど、持ってなかったと思いますね。そんな宮田さんを、誰が、何のために、殺すんですか？」

2

十津川は、自分の手帳に、五人の名前を書きつけた。

宮田直人、大石あずさ、小川長久《おがわながひさ》、黒柳恵美《くろやなぎえみ》、内海将司《うつみしょうじ》、この五人である。

この五人が、去年三月五日に発生した殺人事件の証人である。

このうち、宮田直人は、自宅の風呂場で、手首を切って死亡。大石あずさは、去年三月五日の時点では、喫茶店サンクチュアリの、ウエイトレスだったが、オーナーの本間が、死亡したために、店が潰れ、四谷の喫茶店で、同じウエイトレスをやっていた。

そして、ボーイフレンドと、今年の五月に、石垣島に行って、そこで、溺死した。

残るのは、三人である。

彼らのことも、事件から、まだ一年しか経っていないので、よく、覚えていた。

小川長久は、現在、七十九歳で、長いこと、大手の商社に勤務し、部長にまでなった男である。

六十五歳で、定年退職し、その後は、中野区内の自宅で、悠々自適の生活を送っていた。

小川は、毎朝、散歩に出かけ、その途中のサンクチュアリで、コーヒーを飲んでから帰るのを、日課にしていた。

あの日も、十時三十分頃、散歩の途中で、サンクチュアリに寄って、コーヒーを飲んでいた時、事件に、遭遇したのである。

四人目の黒柳恵美は、その頃、S大の三年生で、住んでいたマンション近くの、サンクチュアリで、モーニングサービスを利用して、トーストとコーヒーの朝食をとった後、学校に出ていた。

今年の三月に、卒業しているはずである。

五人目の内海将司、三十二歳だけは、喫茶店サンクチュアリの常連ではなかった。

住所は、世田谷区太子堂である。

大手の中央自動車の営業部に、勤務していて、毎日、新車のカタログを持っては、営業に歩いていた。

事件の日、中野区内の、お顧客《とくい》のところに行って、新車の説明をした後、たまたま近くにあった、喫茶店サンクチュアリで、コーヒーを飲みながらひと休みしていて、事件に遭遇したのである。

今も、たぶん、内海は、中央自動車で、働いているにちがいない。

「残りの三人が、今、どうしているのか、調べてみたくなった」

と、十津川が、いった。

「しかし、犯人の松本弘志は、すでに、府中刑務所で死んでいますよ。それに、彼の経営していた会社、松本金融も、なくなっていますしね」

と、亀井が、いう。

「しかし、気になるんだよ」

「それは、わかりますが」

十津川は、自分の携帯を、取り出すと、S大の事務室に、電話をかけた。事件の時に、S大の三年生だった、黒柳恵美のことを、聞くためだった。

案の定、今年の三月に、卒業し、現在は、日本実業という商社の、OLになっているという。

日本実業に、電話をかけ、黒柳恵美が働いているという営業三課に、回してもらうと、すぐに、恵美本人が、電話口に出た。

「警視庁捜査一課の十津川ですが、覚えていらっしゃいますか？」

「ええ、もちろん、覚えていますとも」

若い、元気のいい声が、返ってきた。

日本実業の本社は、新宿にある。その帰りに、新宿で、会うことにした。

十津川と亀井が、黒柳恵美に、会ったのは、西新宿の、超高層ビルの三十二階にある、喫茶店である。

宮田直人の死について、いきなり切り出すと、相手を脅かすだけだと思って、

「まずは、卒業と就職、おめでとうございます」

と、いった。

「ありがとうございます」

「今も、中野のマンションに、お住まいですか？」

「ええ、就職した日本実業の本社が、新宿にあるので、中野なら、近いですからね。今も、同じマンションに、住んでいます」

「何か、旅行とかの予定が、ありますか？」

亀井が、きくと、

「明日から三日間、山形の実家に、帰ってきます」

と、恵美は、いった。

「そうでしたね。あなたの実家は、山形でしたね」

「母から、急用があるので、帰ってこいと、いわれたんですよ」

「急用というと、何か、あったのですか？」

「いいえ」

と、恵美は、笑って、

「たぶん、お見合いの話だと思います」

「お見合いですか？」

「母は、私が、大学生の頃から、ずっと、いっているんですよ。東京の男は、信用できない。その点、山形の男は、誠実だから、結婚するなら、絶対に、山形の男にしなさい。そればかり、いっているんです。今回、急用があるから帰ってきなさいというのは、おそらく、いい話があるから、お見合いしたらどうか。そういうことだと思うんです」

「それで、お見合いをするつもりですか？」

「私自身は、三十歳ぐらいになったら、結婚しようと、思っているんです。でも、一応、大学の学資を出してもらったりした恩が、ありますから、母の顔を立てて、形だけのお見合いをしてこようと、思っているんです」

「明日ですか？」

「ええ、もう切符も、買ってあるんです」

恵美は、ハンドバッグの中から、その切符を取り出して、見せてくれた。確かに、明日の日付の入った「つばさ一一一号」の切符だった。

東京駅を、午前十時〇八分、彼女の実家のある、かみのやま温泉駅に、午後十二時五一分に、着く切符である。

「ご両親は何をしているんでしたっけ？」

「両親は、上山《かみのやま》で、そば屋をやっています」

十津川が、なかなか、事件のことを、いい出せずにいると、そんな十津川の気持ちを、察したのか、恵美のほうから、

「今日、十津川さんが、電話をくださったのは、去年の、例の事件のことなんでしょう？」

と、いってくれた。

十津川は、苦笑しながら、

「実は、そうなんですよ。五人で、殺人事件の証人になったことは、覚えているでしょう？」

「ええ、もちろん、覚えていますとも」

「そのことを、今、どう思っています？」

「証人になるのは、市民の義務だと思って、軽い気持ちで、証人になったんですけど、公判の時、犯人に脅されて、とても、怖かった。でも、あの犯人は、もう、死んじゃったんでしょう？」

「府中刑務所に、収監されたのですが、その三ヵ月後に、脳血栓で亡くなっています し、彼が経営していた会社も、今は、もうありません」

「じゃあ、安心ですわね」

「ええ、もちろん、今は、何の心配も、要りません」

と、十津川は、いった。

ほかに、適当ないい方が、なかったからである。

すでに五人の証人のうち、二人が、死んでいるといっても、大石あずさは、石垣島での事故死、そして、今回の、宮田直人の死も、自殺と、考えられている。

とすれば、わざわざ何も、そのことを口にして、目の前の、黒柳恵美を、いたずらに、おびえさせる必要も、ないだろう。

「黒柳さんを含めて、あの時は、五人の人に、証言を頼んだのですが、事件の後、お互いに、連絡を取り合ったりしているんですか？」

と、十津川は、きいてみた。

「ええ、初めのうちは、電話やメールで、連絡を、取り合ったりしていましたけど、犯人が、刑務所の中で死んだと、わかってからは、連絡もしなくなりました。きっと、私と同じで、ホッとして、あの事件のことを、一日も早く、忘れたいんでしょうね」

と、恵美は、いった。

「去年の事件のことで、知り合いになれたんですから、何か、困ったことがあったら、私に、電話をください」

十津川は、自分の携帯の番号を、恵美に伝えた。

「そうですわね。もし、ストーカーにでも、狙われたら、すぐに、十津川さんに電話することにしますわ」

ニコニコ笑いながら、恵美が、いった。

それは、健康的な笑いだった。

3

十津川たちは、警視庁に戻ったが、すっきりした気分になったとは、とてもいえなかった。

逆に、ひとつのわだかまりというか、不満というか、そういうものが、残ってしまった感じだった。

翌日の午前九時を過ぎて、三鷹署から司法解剖の結果が、報告されてきた。

死因はカミソリの刃で、手首を切ったことによる失血死。自殺の可能性が、大きいが、他殺も、否定しきれないという三鷹署の判断が、書き込まれていた。

これでは、捜査一課が、動くわけにもいかなかった。

十津川は、五人の証人のうちの、残りの二人、小川長久と、内海将司に、会ってみることにした。

中央自動車の、営業担当の内海将司は、九時過ぎには、すでに、会社を出て、営業に歩いているが、現在、どこにいるのかは、わからないというので、七十九歳の、小川長久に、先に、会うことにした。

小川は、今も妻の富美子《ふみこ》、それに、息子夫妻に、孫一人の五人で、中野区本町×丁目の自宅に、住んでいた。住所は、事件の時と、まったく同じである。

二人が訪ねた時、応対したのは、妻の富美子、七十三歳だった。

「主人は、あいにく旅行に、出ていて、おりませんけど」

と、いって、富美子は、恐縮しながら、十津川たちを、迎えた。

十津川は、一瞬、拍子抜けしながら、

「そうですか、お留守なんですか」

「申し訳ございません。明後日には、帰ってくると思います」

と、富美子が、いった。

「ご主人は、どこに、行かれたんですか？」

「仙台です」

「仙台には、何の用で、行かれたんですか？」

「よく存じませんけど、急に思い立ったので、出かけてくる。そういって、出かけましたんですが」

とだけ、富美子は、いった。

「いつ、出発されたんですか？」

と、きくと、今日の、午前八時半頃だったと、いう。

「何時発の、何という列車に、乗られたのか、わかりますか？」

十津川が、きくと、富美子は、息子の嫁を呼んで、

「確か、あなたが、お祖父《じい》ちゃんに、頼まれて、今日の切符を、買ったんでしょう？覚えてる？」

「私が、お義父《とう》さんに買ってさしあげたのは、確か、東京発の『やまびこ一一一号』のグリーン車の、切符でした。出発の時刻も、切符に、書いてあったんですけど、確か、十時頃でした。でも、正確なことは、よく、覚えていないんですよ」

と、嫁が、いった。

「今日の東京発の『やまびこ一一一号』で、間違いありませんか？」

十津川が、念を押すようにして、きいた。

「ええ、一が、三つ並んでいたので、よく覚えているんです」

と、長男の嫁が、答える。

「長久さんは、あなたに、切符を頼む時、『やまびこ一一一号』の切符が欲しいと、

いったんですか?」

「私が、お義父さんに、何時頃の、列車がいいんですか、と聞いたら、十時頃に『やまびこ一一一号』という列車があるから、その列車の、グリーン車の切符を、買ってきてくれと、そういわれたのです。それで、私は、いわれた通りの切符を、買ってきました」

と、嫁が、いった。

(これは、偶然なんだろうか?)

十津川は、考え込んでしまった。

五人の証人の一人、黒柳恵美は、今日の山形新幹線「つばさ一一一号」に乗って、両親のいる、かみのやま温泉駅に向かっている。

もう一人の証人、小川長久は、「やまびこ一一一号」で、仙台に向かったらしい。

「やまびこ」と「つばさ」は、連結されて東京駅を出発し、福島で分かれる。

だから、黒柳恵美と、小川長久の二人が、同じ列車に、乗ったと考えても、そう、間違いではない。

これは、偶然なのだろうか? それとも、誰かが、計画したことなのか?

腕時計に目をやると、すでに、十時半を過ぎている。おそらく列車は、今頃、大宮辺りを、走っているだろう。

小川家を辞して、パトカーに戻ると、亀井が、さっそく、

「どうしますか？」

と、きく。

「もう、十時五十分だからね。どうすることもできないよ」

と、十津川が、いった。

「飛行機で追いかけても、間に合いませんか？」

亀井が、いうと、十津川は、笑って、

「間に合うも、間に合わないも、向こうには、適当な空港が、ないんだ。東京から、東北に行く時、いちばん近いところでは、仙台空港、次が山形空港だ。仙台で、飛行機を降りても、小川長久は、すでに、終点の仙台駅で降りてしまっている。東京・仙台間の飛行機では、この時間では、もう『やまびこ一一一号』『つばさ一一一号』には、間に合わないんだ。山形行きの飛行機で飛び、山形で降りても、すでに、その前のかみのやま温泉で、黒柳恵美は、列車を、降りてしまっているからね。いずれにしても、間に合わない」

「これは、偶然なんでしょうか？」

あらためて、亀井が、きく。

「私としては、偶然だと、思いたいがね。もし、新幹線の中で、何かあったら、取り返しが、つかない」

十津川は、眉を寄せて、いった。

「二人とも、証人だった人ですから、片方が相手を殺すことは考えにくいし、それに、犯人の松本弘志も、すでに、死亡していますから、何も、起きないんじゃありませんか？」

「そうあってほしいんだがね。すでに、二人も、死んでいる」

「確かに、二人死んでいますが、一人は、事故死、もう一人は、自殺の可能性が強いわけです」

亀井は、自分に、いい聞かせるように、いっている。

確かに、今のところ、その可能性は強いのだが、五人の証人のうちの、二人が死んでいるとなると、どうしても、十津川の胸は、穏やかでは、すまないのである。

しかし、今は、どうすることも、できない。

しばらく、間をおいてから、急に、

「府中刑務所に、行ってみよう」

と、十津川が、いった。

4

府中刑務所に着くと、すぐ、所長に会った。

所長は、十津川の顔を見るなり、

「松本弘志は、もう、何ヵ月も前に、亡くなっていますよ」

「ええ、それは、わかっているんです。確か、ここに、収監されてから、三ヵ月目に、病死しているんでしたね？」

「そうです」

「その間に、誰か、面会に来ましたか？」

と、十津川が、きくと、所長は、すぐ、担当の職員を呼び、面会人の名簿を、調べさせた。

「一人しか、面会者は、ありませんね。亡くなる一週間前に、川田《かわだ》弁護士が、面会に、来ています」

川田弁護士は、公判の時に、松本弘志の弁護にあたった、五十代の弁護士である。

「松本弘志が、弁護士を、呼んだのですか？　それとも、川田弁護士のほうから、訪ねてきたんですか？」

「確か、松本が、連絡をしていましたから、呼んだのだと、思いますね」

「それで、どんな会話が、二人の間で、交わされたか、わかりますか？」

「そうですね。松本弘志が、川田弁護士に、公判の時は、お世話になって、ありがとうございました。これからも、よろしくお願いします。なにしろ、お願いできるのは、弁護士の川田先生しか、いませんから。そんなことをいっていたのは、覚えています」

「公判では、彼の有罪を証明する証人が、五人いたのですが、その五人について、面会に来た川田弁護士に、何か、いっていませんでしたか？」

「その件は、私から、面会に立ち会った看守に、いい聞かせておきました。なにしろ、公判で、証人たちに向かって、お前たちを、一人残らず殺してやると、大声で、叫んだ男ですからね。しかし、面会の時、川田弁護士には、五人の証人について、何も、いいませんでしたよ。その点は、看守からの報告で、間違いありません」

と、所長は、いった後、

「面会人の件よりも、松本弘志の、最後の言葉のほうが、私は、気になっているんですよ」

「確か、松本弘志は、脳血栓で、亡くなったんでしたね」

「そうです。突然倒れたので、病院に急いで、運んだのですが、その日のうちに、亡くなりました。ただ、亡くなる時、医者に向かって、こんなことを、いったそうです。俺が、呪いをかけてやったから、あいつらは、全員死ぬ、とです」

「最後の言葉を、もう一度、いってくれませんか？」

十津川が、頼んだ。

「俺が、呪いをかけてやったから、あいつらは、全員死ぬ。医者に向かって、そう、いったそうなんです。ただ、脳血栓で倒れて、生死の境を、さまよっていた時ですから、松本が、本気で、そういったのか、あるいは、うわ言だったのかは、わかりませんがね。しかし、私は、どうも、気になって、仕方がないんです」

と、所長が、いった。

「松本弘志が運ばれた病院を、教えてもらえませんか？」

「府中病院です。この辺では、いちばん大きな病院ですから、すぐに、わかりますよ」

と、所長が、いった。

十津川と亀井は、その病院を、訪ねてみることにした。

この病院の、脳神経外科部長、沼部《ぬまべ》という医者が、刑務所から運ばれてきた、松本弘志を、最後に診たのだという。

二人は、その沼部医師に、話をきいた。

「先生が、松本弘志の最期を、看取《みと》られたんですね？」

十津川が、いうと、沼部医師は、苦笑して、

「結果的には、そんな、格好になってしまいましたが、もう少し早く、運ばれてきていたら、助かったかもしれないのに、残念です」

「松本弘志ですが、死ぬ間際に、先生に向かって、何か、恐ろしいことを、いったと聞いたのですが？」

「ああ、あの、呪いがどうのこうのという、言葉ですか？」

「そうです。そのことを、あらためて、先生から、お聞きしたいのです」

「あの時、突然、瀕死の患者が、カッと、目を見開きましてね。私にというよりも、周囲に向かって、いったんですよ。俺が、呪いをかけてやったから、あいつらは、全員死ぬ。間違いなく、そう、いいました。ビックリして、何か、いいたいことがあるのかと、聞いたら、もう亡くなっていました」

沼部医師も、さすがに、笑いを消した顔で、いう。

「医者である先生から見て、松本の、その言葉は、たんなる、うわ言と思われましたか？　それとも、松本弘志は、本気で、そういっていると思われましたか？」

「確かに、生死の境を、さまよっている時に、突然、目を、カッと見開いていいましたからね。うわ言かもしれません。しかし、私には、あの患者が、いつも思っていることを、最後に、口走ったとしか、思えませんでしたね。あんな言葉は、突然思いついたからといって、いえるものではありません。日頃から、そう思っていたからこそ、死ぬ間際に、口からついて出たんだと、私は考えています」

「あいつらは、全員死ぬと、そう、いったんですね？」

「ええ、そうです」

「その、あいつらというのは、何なのか、先生にはわかりましたか？」

「いいえ、わかりませんでしたね。今の言葉を、いった直後に、息を、引き取ってしまいましたから」

と、沼部医師が、いった。

5

次に、十津川が会ったのは、東京弁護士会に所属する、川田弁護士だった。

川田弁護士には、弁護士会館で会った。

「府中刑務所に行って、所長に会って聞いたところ、川田さんは、松本弘志が死ぬ一週間前に、面会されたそうですね？」

と、十津川が、切り出した。

「ええ、そうです」

短く、川田が、答える。

「これも、所長の話ですが、松本弘志のほうから、連絡があって、川田さんに、来てほしいといってきたと。それは、本当ですか？」

「ええ、彼から、連絡があったのは本当ですが、なんだか、刑事さんから、尋問されているような、気がしますね」

「そう受け取られたとしたら、申し訳ないと、思いますが、どうしても、川田さんにお聞きしなければならないことが、ありましてね」

と、十津川は、いってから、

「その時、松本弘志は、川田さんに、ひたすら、これからも、よろしくお願いしたい。そう、いっていたそうですが？」

「ええ、そうです。もちろん、その時はまだ、彼が死ぬとは、夢にも、思っていませんでしたから、大丈夫だから、安心しなさいといいましたけどね。その一週間後に、突然、彼が、病死したと聞いて、本当に、ビックリしました」

「一週間後に、松本弘志は、脳血栓で倒れて、近くの病院に、運ばれました。その時、松本弘志の最期を看取った、沼部という、脳神経外科の医師がいるのですが、この医師が、こんなことをいっているんです。死ぬ直前、松本弘志は、突然、目を、カッと見開いて、医者に向かって、俺が、呪いをかけてやったから、あいつらは、全員死ぬ。そういったというんですが、このことを、川田さんは、ご存じでしたか？」

「いや、まったく知りませんでした。今、初めて聞きました。そうですか。彼は、最後に、そんなことを、いったんですか」

「この言葉について、川田さんは、どう、思われますか？」

「どう、思われるかというと？」

「この言葉を、松本弘志が、本気でいったのか、それとも、死ぬ間際に、うわ言みたいに、いったのか？　松本弘志の、弁護を引き受けて、何度も、彼に会っていらっしゃる川田さんに、判断していただきたいと、思ったんですよ」

「困りましたね」

と、川田は、小さく肩をすくめて、

「私が、松本弘志から直接、その言葉を、聞いたのであれば、判断のしようもあると思うのですが、今、突然、聞かされたんで、私には、なんとも答えようがありませんね。私なんかよりも、その言葉を直接お聞きになった、お医者さんのほうが、きちんとした判断を、下せるのではないですか？　その先生は、何とおっしゃっているんですか？」

「ああいう難しい言葉は、たんなる、うわ言で口から出るとは、思えない。きっと、日頃から、思っていたことが、口をついて出たのだろうと、その先生は、いっていました」

「そうですか。ただ、意味が、よくわかりませんね。私には、意味不明の言葉です」

川田が、いった。

「本当に、判断が、つきませんか？」

「松本弘志が生きていれば、本人に聞いてみたいところですが、彼は、すでに、亡くなってしまっているし、私には、判断のしようが、ありません」

川田が、いった。

十津川たちが、警視庁に帰ったのは、午後二時を廻っていた。

時刻表によれば、「やまびこ一一一号」は、すでに、仙台に到着しているはずだったし、「つばさ一一一号」のほうは、かみのやま温泉駅に、着いているはずだった。

十津川は、かみのやま温泉にある、黒柳恵美の実家に、電話を、かけてみることにした。彼女に会った時、実家の住所や、電話番号を、聞いておいたのである。

中年の、女の声が、電話口に出た。

十津川は、

「こちらは、警視庁の十津川といいますが、恵美さんのお母さんですか？」

「はい、そうですけど」

と、相手が、いう。

「恵美さんは、もうそちらに、お帰りになりましたか？」

「それが、まだ、着いていないんですよ。いったい、どうしたんでしょうか？　かみのやま温泉に十二時五十一分に着く列車で帰ると、いっていたので、さっきまで、駅に行っていたんですけど、まだ、帰ってきません」

母親の声が、少し、震えているように、感じられた。

「かみのやま温泉駅からお宅までは、どのくらいの距離ですか？」

「車でしたら五、六分。歩いても二十分くらいのものですけど」

「それでも、まだ恵美さんは、帰っていないんですか？」

「ええ、帰っておりません。何か、あったんでしょうか？　もし、何か、あったのなら、教えていただけませんか？」

「実は、去年、事件がありまして、その事件の証人として、警視庁が、恵美さんに、いろいろ、お世話になりました」

「そのことは、娘から、聞いております」

「それで、昨日、恵美さんに会った時、あらためて、お礼をいったのですが、明日から、上山の実家に、三日ほど、帰るつもりだとお聞きしたので、もしかしたら、もう、着いているかなと思って、お電話してみたのですが、本当に、まだ、お帰りになっていませんか？」

「ええ、着いておりません」

母親は、少し声を震わせて、繰り返した。

十津川も、電話の途中から、だんだん、不安になってきた。もし、黒柳恵美が、東京駅を、午前十時〇八分に発車する「つばさ一一一号」に、乗ったとすれば、間違いなく、今頃は、上山温泉の実家に、帰っているはずなのだ。

「お嬢さんは、『つばさ一一一号』に乗るといっていたそうですが、車内から、そちらに、電話を、かけてはきませんでしたか？」

十津川が、きいた。

「一度、東京駅から、電話がありました。今から、十時〇八分の『つばさ』に、乗るから、十二時五十一分には、かみのやま温泉駅に着く。そういったので、それじゃあ、その頃、駅まで迎えに行くわといったんですよ。それ以後、電話はありませんでした」

母親が、いった。

それならば、黒柳恵美は、間違いなく、「つばさ一一一号」に乗ったとみていいだろう。

それなのに、まだ、上山温泉の実家には、着いていない。これは、どういうことか？

亀井も、黒柳恵美が、この時間になっても、まだ、実家に帰っていないことに、衝撃を受けたらしい。

「しかし、どうしたらいいのか、わかりません。それが、口惜《くや》しいですよ」

怒ったような口調で、亀井が、いう。

「そうなんだよ。東京では、何もできない」

十津川も、いった。

とりあえず、十津川は、本多《ほんだ》捜査一課長と、三上《みかみ》刑事部長に、今日わかったことを、そのまま、報告した、
しかし、三上刑事部長は、こともなげに、

「それは、娘の反乱だよ」

と、いった。

本多捜査一課長も、

「私も、部長に同感だね」

「娘の反乱というのは、どういうことですか？」

十津川が、きいた。

「君は、黒柳恵美という若い娘が、一人で、実家に帰ったと、思っているんだろう？」

「その通りですが」

「そこが、君の、頭の固いところだよ。私なら、恋人と一緒に、列車に乗ったと思うね。いいか、恵美という娘は、母親に、帰ってこいといわれた時、向こうで、お見合いを勧められるだろうと思ったと、君に話した。そうだろう？」

「ええ、彼女は、確かに、そういっていましたが」

「ところが、彼女は、大学も、就職先も東京だ。山形に帰る気なんか、さらさらないのさ。当然、東京に、恋人だっているだろう。しかし、実家に帰ると、見合いを、勧められるかもしれない。断るには、恋人を、連れて帰ったほうがいい。彼女は、そう考えて、今日、恋人と一緒に、山形新幹線に乗ったんだよ。ところが途中で、もし、山形に帰ったら、両親から強引に見合いを勧められて、逃げられなくなってしまうかもしれない。そんな不安が、よぎったんだな。そこで、恋人と相談した。その後、どうしたか？　二人は、途中で列車を降りて、その辺の旅館に、入ってしまった。そうしておいて、両親を、説き伏せる気なんだよ。明日あたり、心配している両親に、電話をしてきて、東京に恋人がいるので、彼と結婚したい。どうしても、賛成してくれなければ、このまま、東京に帰ってしまう。そんなふうに、両親を、説得するつもりなんだよ。ほかに、考えようがないじゃないか？」

続けて、本多一課長が、

「君の話を、聞いているうちに、部長と同じことを、考えるようになったよ。黒柳恵美という女性だがね。今、部長がいったように、東京の生活に、すっかり慣れてしまって、郷里に帰る気なんて、まったくないんだよ。だから、途中で気が変わって、郷里の山形に帰らずに、電話で、両親を説得しようと、思っているんじゃないのかね？行ってしまえば、両親のいうことを、聞かなければならなくなるので、途中下車してしまった。ほかには、考えようがないね」

「昨日、黒柳恵美と、話した時には、そんなふうには、思えませんでしたが」

十津川が、反論すると、

「人間というのは、特に、若い女性というのは、すぐに、気が変わるんだよ。君にも、お見合いをする気はないといったんだろう？」

本多が、いう。

「確かに、形だけのお見合いと、いってましたが」

「それなら、途中下車をして、電話で、両親を説得しようとするのも、無理ないじゃないか？　実家に帰ってしまうと、両親のいうことを、聞かなくてはならなくなるからね」

十津川は、もう一度、上山温泉の黒柳恵美の両親に、電話をかけてみた。

今度も、母親が出た。

「どうですか、お嬢さんは、まだ帰ってきていませんか？」

「ええ、まだ、帰っていないんですよ。いくらなんでも、遅すぎます。いったい、どうなっているんでしょうか？」

「お嬢さんですが、大学も東京だし、就職先も東京ですよね？　東京に、好きな人がいるんじゃありませんか？」

「その辺は、私には、わかりませんけど、今日は、間違いなく、帰ってくると、娘はいったんですよ」

母親は、繰り返す。

「お嬢さんは、上山には、よく帰っていたんですか？」

十津川が、きくと、

「大学の頃は、毎年、お正月には、必ず帰ってきていました。でも、今年のお正月は、帰ってきませんでしたけど」

と、母親が、いう。

毎年、正月には、帰っていたのに、今年の正月だけ、帰っていないとすると、刑事部長や、一課長がいうように、東京に、恋人がいたのかもしれない。そうだとすると、部長や一課長の話も、一概に、否定できなくなってくる。

「娘の反乱ですか？」

亀井が、十津川に向かって、いった。

「確かに、その可能性は、あるとは思いますが、そう、大きな可能性じゃないと思いますね」

「そうなんだよ。だから、余計に、心配なんだ」

と、十津川が、いった。

十津川は、今度は、小川長久の妻、富美子に、電話をかけた。

「ご主人は、もう、仙台に着かれたんじゃありませんか？」

「ええ、そう思いますけど」

「無事に着いたという電話は、なかったんですか？」

十津川が、きいた。

「いいえ、そんなものは、ありません。主人は、歳とともに、だんだん、気が短くなってきて、旅行に出ると、向こうで、楽しんでいて、家への連絡なんて、まったく忘れてしまうんです。無事に、着いたと思うので、べつに連絡がなくても、心配なんてしておりません」

こちらは、富美子が、呑気《のんき》に、いった。

「仙台では、誰かに、会うことになっているんですか？」

「それも、よく、知らないんですよ。急に、仙台に行ってくると、いい出しましたからね。何か、用があるんだとは思うんですけど」

「じゃあ、今日、向こうに、泊まるかどうかも、わかりませんね？」

「いいえ、向こうに、泊まってくると思います。のんびりした旅行が、好きな人ですから」

富美子が、また、のんびりした口調で、いった。

「黒柳恵美という女性を、ご存じですか？」

「黒柳恵美さんですか？」

富美子は、鸚鵡《おうむ》返しにきいた後、

「いいえ、知りません。でも、どこかで、きいたことが、あるような気がしますけど」

「去年の殺人事件で、ご主人に、証人になっていただきました」

「ええ、主人は、それを、自慢にしていますけど」

「その時、五人の方に、証人になっていただいたのですが、黒柳恵美さんは、その中の一人です。ご主人から、この名前を、おききになったことは、ありませんか？」

「そうですね。あの事件の証人になったことは、よくいっていましたから、その時に、黒柳さんという名前も、きいたかもしれませんけど、忘れてしまいました。最近、人の名前を、すぐに忘れるんです」

と、富美子が、いった。

「もし、ご主人から、何か、連絡があったら、お手数ですが、すぐ、こちらに、知らせていただけませんか？」

十津川は、富美子に頼んでから、電話を切った。

十津川は、時刻表を持ってきて、列車の編成図のページに、目を通した。

そこには、「つばさ一一一号」の編成図も、載っている。二階建ての「やまびこ一一一号」と、七両編成の「つばさ」とが連結されて、東京駅を発車する。

「やまびこ」のほうは、八両編成で、七両目と八両目が、グリーン車になっている。

小川家の話では、グリーン車の切符を、買ったというから、七号車か八号車のどちらかに、小川長久は、乗ったのだろう。

黒柳恵美は、自由席か、指定席か、それとも、グリーン席かは、わからない。

「やまびこ一一一号」に連結された「つばさ」の七両は、十一号車から、十七号車までとなっている。

「やまびこ」と「つばさ」の間は、通路がないから、走行中は、通行できない。

しかし、駅に停まれば、ホームを駆けて「やまびこ」から「つばさ」に、乗り込むことは可能である。殺しておいてから、元の「やまびこ」の車両のほうに、戻ることだって可能だろう。

そんな心配まで、湧いてきて、十津川は不安にかられ、東京駅に、電話をかけることになった。

東京駅の新幹線の担当者に電話をかけ、

「今日の東京駅発の『やまびこ一一一号』と『つばさ一一一号』の車内で、何か、起きませんでしたか？」

と、きいてみた。

答えは、簡単だった。

「何事も、起きておりません。一一一号だけではなく、すべての新幹線は、始発から現在まで、平常通り、運行しております」

その答えに、十津川は、少しは安心したが、まだ、不安が、消えたわけではなかった。

いや、逆に、不安が強くなったと、いってもよかった。

第二章　失踪

1

時刻は、すでに午後二時を、過ぎている。

午前十時〇八分に、東京駅を出発した「やまびこ一一一号」は、十二時二〇分には、終点の仙台に、着いている。

「つばさ一一一号」のほうは、十二時五一分が、かみのやま温泉着だから、その時刻も、とうに過ぎ、終点の新庄着十三時四六分からも、すでに十四分以上が過ぎていた。

この日、「つばさ一一一号」から、かみのやま温泉駅に降りたのは、全部で、十八人だった。

東京駅からの切符が、その中に十五枚あったから、当然、三人は、途中の駅から「つばさ一一一号」に、乗ったことになる。

かみのやま温泉駅で降りた十八人のうち、若い女性は、確か、四人か五人だったと、駅員は、いった。

しかし、その中に、黒柳恵美が、いたかどうかは、わからないという。

現在、東京に住んでいる黒柳恵美が持っていた、かみのやま温泉駅までの切符は、当然のことながら、東京からの切符のはずである。

そこで、十津川は、東京駅に、連絡を取り、今日の「つばさ一一一号」で、かみのやま温泉までの切符を買った人間が何人いたかを、大至急、調べてもらうことにした。十六人だったら、乗客の一人は、途中の駅で降りたことになる。

一方、「やまびこ一一一号」に乗ったと思われる、小川長久の方は、車掌が、覚えていた。七号車のグリーン車に乗っていて、車内検札をした車掌が、小川の顔を、覚えていたのである。

終点仙台駅の駅員も、「やまびこ一一一号」から降りてきた、小川長久を覚えていた。

八十歳近い老人が、一人で旅行しているのが珍しかったから、改札口の駅員が覚えていたらしい。

この結果、小川長久、七十九歳は、一応無事に、目的地の仙台に、着いたことは確認できたが、二十二歳の、黒柳恵美のほうは、依然として、行方が、わからないままだった。

午後五時近くなって、東京駅から、連絡があった。今日の「つばさ一一一号」で、東京駅から、かみのやま温泉駅に向かった乗客の、切符は合計十六枚で、その内訳も、知らせてくれた。

グリーン券四枚、自由席券十二枚で、調べてみると、かみのやま温泉駅で、一枚少なかったのは、自由席の券だった。

その途中下車した一枚が、はたして、黒柳恵美の切符だったかどうかは、まだ、わかっていない。

十津川は、次に、東京駅から、かみのやま温泉駅までの各駅で、「つばさ一一一号」の乗客が、途中下車しなかったかを、調べてもらうことにした。

翌六月五日の、昼過ぎになって、問題の自由席の切符が、どこの駅にあったのかが判明した。

郡山駅で、六月四日の「つばさ一一一号」の途中下車の切符が、見つかったのである。

行き先が、かみのやま温泉になっている自由席の切符だった。

「つばさ一一一号」が郡山に着いたのは、十一時三十一分、その郡山駅で、乗客の一人が、かみのやま温泉駅までの切符を、改札口に出して、途中下車したのである。

郡山の駅員は、その乗客が、男だったか、女だったのかは、覚えていないと、いった。

「『つばさ一一一号』の乗客と、『やまびこ一一一号』の乗客が一緒になって、降りてきたので、切符を受け取るのが、精いっぱい、相手の顔は見ている余裕はありませんでした」

と、その駅員が、証言した。

いちばん知りたかったことが、わからないままなので、十津川の不安は、依然として、消えなかった。

昨日、六月四日の郡山駅で、「つばさ一一一号」から途中下車した乗客が、はたして、黒柳恵美だったかどうかが、わからないのである。

もうひとつ、十津川が、知りたかったのは、その一枚の切符の主が、黒柳恵美だったとして、彼女は、一人で、郡山駅で途中下車したのか、それとも、連れが、あったのかということである。

この二つの疑問に対する答えが、一日経《た》った今も、まだ見つかっていないのである。

かみのやま温泉に住む黒柳恵美の母親からも、十津川に、電話がかかってきて、

「まだ、娘は帰ってきませんけど、いったい、どうしたんでしょうか？」

と、何回も、聞いてくる。

その質問に、十津川は、答えられないのである。

夜になって、捜査会議が、開かれた。

殺人事件の五人の証人、そのうち二人が、すでに死亡している。

一人目の大石あずさ、二十歳は、ボーイフレンドと一緒に、石垣島の海で遊んでいる時に、溺死した。

彼女の場合は、自殺、他殺、事故死のいずれか、曖昧だった。

二人目の宮田直人、四十二歳の死亡については、最初、カミソリで、手首を切って風呂場で死んでいたので、自殺説が強かったが、ここに来て、他殺説が、有力になってきた。

宮田は、若い頃から、作家志望だった男で、二十代の頃から小説を書いていたが、

ものにならなかった。自分自身の才能に絶望して自殺したと、最初は、考えられたのである。

しかし、宮田直人が書き残した長編小説は、百枚までしか、書かれていなかったが、内容を読んでみると、彼が、事件の証人になった去年三月五日の殺人事件を基にして、書かれたものだった。

宮田は、「二十一世紀文学」という、同人雑誌の同人である。

その同人雑誌の責任者から、宮田直人は、あなたが、関係した殺人事件を題材にして、書いてみたらどうかといわれていた、その原稿である。

だとすれば、百枚まで、書いたところで、完成をさせずに、自殺するはずはないと考えるのが当然ではないか？　だから、捜査が始まり、捜査本部が、設けられたのである。

その捜査会議で、十津川は、三上刑事部長に、今回の事件に関する報告をした。

「昨日、東京発の『つばさ一一一号』に乗り、郷里の、かみのやま温泉に向かった黒柳恵美という女性が、今に至るも、行方不明になっています。彼女のことは、殺人事件の五人の証人の一人として、誰もが、知っています。黒柳恵美に、危険が迫っているかどうかは、まだ、わかりません。本部長がいわれるように、見合いを勧める両親に対して反抗するため、どこかに、身を隠した可能性は、依然として、残っています。すでに、丸一日が過ぎました。もし、黒柳恵美の失踪が、両親に対する反抗だとしても、そろそろ連絡してきてもいい時間になっていると、思うのですが、連絡はありません。もう一度、この表を見ていただきたい。これは、去年三月五日の殺人事件の証人五人の名前です。この五人の証人のうち、二人は、すでに、死亡しています。そして、三人目の黒柳恵美が、現在、行方不明です。この、五人の証言によって、刑務所に入れられた殺人犯、松本弘志、三十歳ですが、彼もまた、すでに刑務所内で、死亡しています。この松本弘志は、裁判の時、五人の証人に向かって、殺してやる、と叫んでおり、また、亡くなる直前、最後に話をした府中病院の医者に向かって、俺が、呪いをかけてやったから、あいつらは、全員死ぬと、いい残しています。しかし、すでに、死んだ人間に、何ができるのか？　松本弘志の、最後の言葉にしても、悔しさから、叫んだもので、本当に殺せると思って、いった言葉ではないという人もいます。ただ、五人の証人のうちの、二人が死に、一人が、行方不明になっている現実を見ると、何か、恐ろしいことが続いて起きるのではないかという不安に、襲われるのです。そこで、これからの捜査方針ですが、二つのことを、考えてみたいと思うのです。ひとつは、死亡した、大石あずさと宮田直人の二人が、もし殺されたのであれば、いったい、どのような方法で、誰が殺したのか？　動機は、いったい何だったのか？　それを、調べたいと考えます。次に、今回、行方不明になった、黒柳恵美ですが、現在、彼女が、どこにいるのか？　監禁されているのか？　それとも、すでに、死んでいるのか？　捜査して、その答えを見つけたいのです」

2

三上刑事部長が、十津川に向かって、疑問を口にした。

「君がいう捜査方針には、私も、同感だ。ただ、行方不明になっている、黒柳恵美だがね、大学を卒業して、日本実業という一流企業に、就職が決まったばかりじゃなかったのかね？」

「その通りです」

「彼女は、社会人一年生だ。張り切っていたはずだし、自殺を考えるとは、とても思えないんだがね」

「私も、黒柳恵美が、自殺をするために『つばさ一一一号』に乗ったとは、思っておりません」

「自殺が考えられないとすると、ほかには、どんなことが、考えられるのかね？　私は、昨日、見合いを勧める両親に対する反抗じゃないかと、君にいったんだが、それ以外に、彼女が、行方をくらます理由が、考えられるのかね？」

「自ら失踪したとすれば、その理由を探すのは、難しいと、思うのです」

「君は、どうして、彼女が、行方を、くらましたと、考えているんだ？」

「はっきり申し上げて、私は、彼女が、なんらかの事件に巻き込まれて、拉致《らち》されたと、考えています」

「彼女が乗った『つばさ一一一号』の車内で、巻き込まれたと、いうことかね？」

「その点は、わかりません。それが、わかれば、彼女が、今、どこに、監禁されているのかの想像もつくと、思うのですが、今は、はっきりしません」

「もう一人の証人、小川長久が、昨日、同じ日に、『やまびこ一一一号』に乗った。『やまびこ一一一号』は、『つばさ一一一号』と連結しているから、二人の間に、何かあると、君は考えたんじゃないのかね？」

「もちろん、考えました。二人が、同じ日の同じといえる列車に乗ったというのは、偶然すぎると、思ったからです」

「今は、どうなんだ？」

「小川長久と思われる老人が、『やまびこ一一一号』の終着駅、仙台で下車したことは、ほぼ確認できました。ですから、小川長久が、『つばさ一一一号』に乗った黒柳恵美を、どうかしたのではないかという疑いは、ほぼなくなりました。黒柳恵美が、なんらかの事件に、巻き込まれたとすれば、それは、たぶん、去年三月の殺人事件の証言に、関係していると、思われます」

「しかしだね、五人の証言によって、刑務所に入れられた松本弘志は、すでに、刑務所の中で死んでいるんだ。そうなると、彼が頼んだ人間が、証人たちを、次々に殺していったことになる。そんな人間が、はたしているだろうか？」

「確かに、死人が殺人を犯すなどということは、あり得ません」

「今日、君は、捜査方針を、発表した。それに従って、捜査を続けていけば、真相がわかると、確信しているのかね？」

「確信とまでは、いきませんが、なにかしらのヒントが得られるはずだと、考えてはいます」

十津川が、いった時、外から捜査本部に、電話が入った。

電話は、かみのやま温泉にいる、黒柳恵美の母親からだった。これで、何回目の電話になるだろう？

十津川が、電話に出ると、いきなり、母親は、

「刑事さん、まだ娘が、帰ってこないんですよ」

と、叫んだ。

それは、悲鳴に近かった。

「連絡もないんですか？」

「ええ、連絡もありません。どうしたらいいんでしょう？」

「郡山に、恵美さんの友だちが、住んでいますか？」

十津川が、聞いた。

「わかりませんけど、娘は、郡山にいるんですか？」

「いや、そこまでは、わかりません。われわれは、恵美さんを、探すことに、全力を尽くします。もし、何か、わかれば、すぐに、そちらに、お知らせしますよ」

十津川は、それだけしか、いえなかった。

3

捜査が、始まった。

西本《にしもと》と日下《くさか》の二人は、羽田から、石垣島に向かった。五人の証人のうち、最初に死亡したのが大石あずさ、二十歳で、ボーイフレンドと、石垣島の海で泳いでいて、溺死したといわれているからである。

同じく、今月になってから亡くなった宮田直人について調べるために、三田村《みたむら》と北《ほう》条早苗《じょうさなえ》刑事の二人が、彼の住んでいたアパートに、向かった。

ほかの、六人の刑事が、小川長久と、五人目の内海将司について、調べるために、捜査本部を飛び出していった。

捜査本部に残ったのは、十津川と亀井の二人だけである。

「捜査を始めたが、依然として、ポッカリと、大きな穴が、開いているような気がしているんだよ」

と、十津川が、いった。

「肝心の松本弘志が、刑務所内で、死亡してしまっている。そのことですね？」

亀井が、いい、十津川のために、コーヒーを淹れた。

「五人の証人も、犯人の松本弘志が、死んだことで、おそらく、ホッとしていたと、思うんだよ。もう、復讐される心配が、なくなったからね」

「それでも、警部は、松本弘志による復讐と、考えておられるのですか？」

「大石あずさ、宮田直人と、続けて死んだが、しかし、その段階では、自殺、他殺のどちらともいえないなと、思っていたんだ。そこへ、三人目の黒柳恵美が、郷里に帰る途中で、姿を消してしまった。それで、これは、連続復讐劇だという確信を持つようになった」

「そうすると、二つのケースが、考えられますね」

「二つのケースというと？」

「すでに死んだ人間が、復讐するはずはありませんから、生前の松本弘志が、殺し屋に大金を渡して、復讐を、依頼していたということです。途中で、松本弘志は死んでしまったが、殺し屋は、義理堅く、次々に、証人を殺している。これが、ひとつ目のケースです」

「なるほど。それから？」

「二つ目は、松本弘志に、恋人か親友がいて、その人間が、松本弘志の仇《かたき》を討つために、次々に、五人の証人を殺そうとしているというケースです。この場合は、金が絡んでの殺人ではありませんから、松本弘志が死んだことによって、よりいっそう、仇を討ちたいという気持ちが、強くなると思うのです」

「しかし、今までのところ、松本弘志に、それほど、彼を愛していた恋人がいたという、証言はない。松本弘志のために、殺人まで犯そうという親友がいたという情報も、入っていない」

「警部は、それが、これから、見つかると思われますか？」

「それは、私にもわからない。今までのところ、恋人の影も、見えないし、松本弘志が、二十代の頃に、そんな親友が、いたという事実も、浮かんでこないんだよ」

「私には、もうひとつ、気になっていることがあるんですが」

と、亀井が、いった。

「今回の事件に関してだろうね？」

「もちろん、そうです」

「それを、ぜひ、教えてもらいたいね」

十津川が、いうと、亀井は、自分の淹れたコーヒーを、口に運んだ後、

「おさらいになりますが、去年の三月五日、中野の喫茶店『サンクチュアリ』で、殺人事件が起きました。犯人の松本弘志は、白昼堂々と、店に入ってきて、奥にいた本間順一というオーナーを、いきなり刺し殺して、逃亡しました。その時、店には、殺されたオーナー、ウエイトレスの、大石あずさ、そして、八人の客がいたことが、確認されています。その中から、客の四人と、ウエイトレスの大石あずさの五人が、殺

人事件の、目撃証人になって、法廷にも、出廷してくれました。残りの客は、四人いたわけですから、今になると、証言しなかったこの四人のことが、気になって、仕方がないのです」

「しかし、証言の強要は、できないよ。残りの四人にも、証言は、頼んではみたが、それぞれに、事情があって、証言はできないという人もいたし、友達と携帯のおしゃべりに夢中で、犯人の顔を、見ていなかったという客もいた。それに、四人の客と、ウエイトレス一人が、証言してくれることになったので、十分、間に合ったからね」

「確か、残りの四人については、名前と、連絡先を、聞いていましたね？」

「ああ、聞いているよ。万一、五人の証人が、なんらかの理由で、証言できなくなった時のことを考えてね」

と、いった後、十津川は、

「カメさんは、この四人について、どんなことを、考えているんだ？　この四人が、証言を拒否したので、大石あずさや、宮田直人が死んでしまい、黒柳恵美が、行方不明になってしまったと、いうつもりかね？」

「いえ、そんなつもりは、ありません」

「まさか、この四人が、今回の一連の事件を、引き起こしているというんじゃないだろうね？」

「いや、そういうつもりもありません。しかし、ここに来て、この四人のことが気になって、仕方がないのです」

と、亀井が、いった。

亀井が、あまりにも、この四人のことを、気にしているので、十津川は、黒板に、四人の名前を、手帳から、書き写した。

佐藤賢《さとうけん》、二十一歳、R大学三年。

佐藤聡《さとし》、十九歳、同じくR大学一年。

この二人は、兄弟で、福井県の生まれ。二人とも、R大学に進学するために、上京し、まず、兄の佐藤賢が、中野区内の、1Kのマンションに住んで、御茶ノ水のR大学に、通うことになった。

二年遅れて、弟の聡が、兄と同じようにR大学に入学し、今度は兄弟で、少し広い、中野の2DKの部屋を、借りることになった。

二人とも、朝食は、ほとんどとらない主義だったが、お腹が空いた時は、作るのは、面倒臭かったので、近くの喫茶店「サンクチュアリ」のモーニングサービスで、コーヒーを飲み、トーストを食べることに、決めていた。

そして、去年の三月五日、事件に遭遇したのである。

次は、小島伸一《こじましんいち》、四十歳。

小島伸一は、五歳年下の妻と、三歳の女の子の三人で、中野区内の、マンションに住んでいた。

去年三月五日の、事件に巻き込まれた時、小島は、失業中だった。リストラされたことを、妻に話すことができず、毎日、いつものように家を出ると、喫茶店「サンクチュアリ」に寄り、昼近くまで、粘って、そのあと、仕事探しに、都心のハローワークに行くのが、日課になっていた。

証人になることを拒否したのは、証人になることで、妻に、失業中であることが、バレるのが、怖かったからだという。

一年経った今も、小島は、失業中である。

四人目は、柴田《しばた》晃子《あきこ》、三十五歳、主婦である。

子供がいないせいか、晃子は、パチンコに凝《こ》っていた。

去年の事件の日も、晃子は、夫を、会社に送り出すと、喫茶店「サンクチュアリ」に寄って、コーヒーを飲み、その後、駅前のパチンコ屋に行くことに、決めていた。

それが、突然、殺人事件に遭遇してしまったのである。

証人になると、夫に黙って、毎日のように、パチンコをして、遊んでいるのがわかってしまうのが、怖いという理由で、証人になることを、拒否したのだった。

亀井が、その四人の名前を見ながら、

「若い佐藤賢と聡の兄弟ですが、どうして、証人になることを、拒否したんでしたっけね？　若いんだから、普通なら、喜んで、証人になっても、いいんじゃないですか？」

「確か、この兄弟自身は、最初、証人になることを、承知してくれたんだ」

「ああ、思い出しましたよ。確か、兄弟の母親は、福井で、旅館をやっていましたよね。夫に、早く死なれたので、女手ひとつで旅館を守り、兄弟を、大学に行かせたんでしたね。その母親が、学生のくせに、事件の証人なんかになると、後々、恨まれて、損をする。だから、止《や》めなさい。確か、そういわれたので、母親に、逆らえない佐藤兄弟は、証人になることを、降りたんでしたね？」

「ああ、そうだよ。今も、その母親は健在だ」

と、十津川は、いった。

去年三月五日の事件以来、すでに、一年以上経っているから、この四人も、それぞれ、一歳ずつ、歳を取ったはずである。

R大学の三年生だった佐藤賢は、四年生になり、同じR大学の一年生だった弟の聡は、二年生になっているはずだった。

「今のところ、今年になってから起きた事件に、この四人は、まず、無関係だな」

十津川が、いった。

「そうかもしれませんね。三月五日の殺人事件の犯人、松本弘志は、すでに、刑務所内で死亡していますし、この四人は、その松本弘志を、刑務所に送るための証言をしていませんから、松本弘志の関係者が恨んでいるとしても、この四人では、ありませんね」

と、亀井も、いった。

十津川は、やはり、今は、行方不明になってしまった黒柳恵美のことが、心配だった。

4

郷里である、かみのやま温泉の両親は、地元の警察に、娘、黒柳恵美の、捜索願を提出した。

上山警察から、警視庁に、協力要請があった。

行方不明になった黒柳恵美は、東京の中野区のマンションに住み、今年の四月に、東京の会社に、就職した。会社の名前は、日本実業。一流企業だ。

六月四日に、東京発十時〇八分の「つばさ一一一号」に乗って、郷里の、かみのやま温泉に向かったと、考えられるから、警視庁に協力要請が来たのも、当然だった。

十津川は、亀井と二人、黒柳恵美が住んでいる中野のマンションに、行ってみることにした。

両親から、捜索願が出ていることで、家宅捜索の令状は、すぐに下りた。その令状を持っての、中野行きである。

黒柳恵美は、今も、去年三月五日の事件の時に住んでいたのと同じマンションに、住んでいた。交通の便が、いいので、大学を卒業してからも、中野から、都心の会社に通うことに、決めたらしい。

十津川は、警察手帳と、捜索令状を管理人に見せ、彼女の、１ＬＤＫの部屋の、鍵を開けてもらった。

部屋の中に入って、二人の刑事が、ビックリしたのは、カーテンも、新しく、十二畳のリビングルームに置かれた家具も、それほど、高いものではないだろうが、すべて、新品だったことである。

管理人が、笑顔で、説明してくれた。

「黒柳さんが、大学を卒業して、日本実業に入社が決まった時、上山のご両親から、お金が送られてきたそうなんですよ。お前も社会人になったんだから、そのつもりで、古びたカーテンなどは、取り換えなさい。そういって、送金してくれたんだそうです。それで、黒柳さんは、カーテンとか、リビングルームの三点セットなどを、替えたから、ご覧のように、新しいんですよ」

十二畳の、リビングルームに、六畳の和室がついている。それに、小さなキッチンとトイレ、バスルーム。

六畳の和室には、これも、真新しいベッドが置かれていた。

テレビも、新しい液晶テレビになっていたが、机と本箱は、昔のままだった。パソコンもである。

そんな、アンバランスなところがあるのは、おそらく、お金が、足りなかったのだろう。

カレンダーは、この近くの、コンビニのものだった。六月四日のところには、『つばさ一一号』AM十時〇八分、東京、かみのやま温泉着十二時五十一分」と、ボールペンで、書き込まれている。

それを、見ると、恵美は、最初から、「つばさ一一一号」で、まっすぐ、郷里のかみのやま温泉に向かうことを、決めていたように思える。

それが、なぜ、行方不明に、なってしまったのか？　その理由が、知りたくて、十津川と亀井は、机の引き出しを開け、そこに入っていたものを、全部、調べてみることにした。

手紙の類が、少ないのは、携帯世代だからだろう。その少ない手紙の中から、十津川は、気になるものを、見つけた。

封筒の表には、パソコンで、印刷したと思われる「黒柳恵美殿」という文字があったが、住所も、書かれていなかったし、切手も、貼っていなかった。

おそらく、この手紙の主は、わざわざ、このマンションまで、持ってきて、マンションの郵便受けに、放り込んだのだろう。裏を見たが、差出人の名前は、書いてなかった。

中を開けると、これも、パソコンで打ったと思われる文字が並んでいた。

〈俺が死んだからといって、安心するな。

俺の霊は、永遠だぞ。

お前は間違いなく、その報いを受けるのだ。

松本弘志〉

これが、便せん一枚に書かれた、すべてだった。

切手もなく、消印もないから、いつ、この手紙が、投函されたのかが、わからない。ひょっとすると、黒柳恵美が、郷里に向かって、東京駅から「つばさ一一一号」に乗る直前だったかもしれない。

「この脅迫状を受け取った黒柳恵美は、きっと、誰かに、相談したと思うのですよ。誰に相談したのか、それを、知りたいですね」

亀井が、いった。

「少なくとも、両親に、相談しなかったことだけは、間違いないな。母親が、脅迫状については、何も、いっていないからね」

「なぜ、両親に、相談しなかったのでしょうか？」

「去年三月五日の事件は、東京で起きた事件だし、黒柳恵美は、自分の意志で、進んで証人になっているから、両親に、心配をかけまいと思ったんだろう」

「彼女は、警察にも、相談していませんよ」

「となると、やはり、友だちか？」

「社会人になって、まだ、日にちが経っていませんから、彼女が、就職した日本実業の社員の中に、相談者がいるとは、ちょっと、思えませんね」

「じゃあ、やはり、大学時代の友人か？」

「そうだと思います。それを、調べてみようじゃありませんか」

と、亀井が、いった。

5

黒柳恵美は、卒業して、まだ間がないので、S大の職員も教師も、彼女のことを、よく覚えていた。

二人が知りたかった、大学時代の友人についても、三人の名前を、挙げてくれた。

教えてくれた三人の名前は、すべて、女友達だった。もちろん、黒柳恵美にも、ボーイフレンドがいただろうが、その名前は、三人の女友達から、聞くことができるだろう。

三人の中の、青木《あおき》はるかは、大学院に進み、花田美由紀《はなだみゆき》と池永真理《いけながまり》は、それぞれ、就職している。

十津川は、まず、S大の大学院に進んだ青木はるかに、会うことにした。同じ大学内の食堂で、簡単に、会えたからである。

はるかは、

「恵美が、去年三月の、殺人事件の証人になっていたことは、知っていましたよ。でも、あの事件に絡んで、脅迫状を、受け取ったことなんか、知りませんでした。彼女、何もいわなかったし――」

「黒柳恵美さんは、六月四日に『つばさ一一一号』で、郷里のかみのやま温泉に帰ることにしていたんですが、このことは、知っていましたか？」

「いいえ」

と、はるかは、いったが、その後すぐ、

「近いうちに、郷里に、帰ることになっているのよと、彼女が、いっていたのは、知っていますよ。彼女が、電話で、そういっていましたから」

「何月何日に帰るとは、いってなかったんですね？」

「ええ。郷里に帰るのは、気が進まないと、盛んに、いっていました。帰っても、どうせ、母親に、見合いを勧められるだけだからって。彼女、本当に、帰ったんですか？」

「それがですね、六月四日、東京駅から、山形新幹線の『つばさ一一一号』に乗ったことは間違いないんです。ただ、帰っていないんですよ、実家に」

「じゃあ、途中下車したのかしら？」

「おそらく、そうでしょうが、二日経った今になっても、彼女は、上山のご両親に、電話すらしていないのです。ご両親が、心配して、捜索願を出されています」

「どうして、そんなことになっているんですか？」

「いちばん、考えられるのは、恋人と、一緒にいるのではないかということです。あなたも、いうように、上山に帰ると、きっと、見合いを勧められる。そんな両親に、反抗する気持ちから、恋人と一緒に、姿を消してしまった。そのうちに、既成事実を作って、両親に、見合い話を、諦《あきら》めさせよう。そんな気持ちで、姿を消しているのではないかというのですが、それにしても、二日間も、両親に連絡しないというのは、少し、おかしいのではないかと」

「確かに、恵美らしくないわ。彼女、気は強いけど、両親のことは尊敬していたから、心配させるようなことは、しないと思いますね」

「黒柳恵美さんに、大学時代、恋人はいましたか？　いたのなら、名前を教えてもらえませんか？」

と、十津川が、いった。

「江藤《えとう》君かな」

はるかが、いった。

「その江藤君というのは、このS大の、男子学生ですか？」

「ええ。同じ学年の、男子学生です。仲がよかったのは、知っていますけど、卒業してからも、つき合っているかどうかは、知りません」

と、はるかが、いった。

「その江藤さんの、フルネームと住所は、わかりませんか？」

「フルネームは確か、江藤修《おさむ》だったと、思いますけど、住所までは、知りません。私は、恵美とは、親友でしたけど、江藤君とは、それほど、親しくありませんでしたから」

と、はるかが、いった。

6

十津川は、その江藤修に会う前に、残りの女友達二人に、会うことにした。その二人が、別の男の名前をいうかもしれないと、思ったからである。

大学時代の親友、花田美由紀と、池永真理は、卒業後、揃って、東京八重洲口に本社のあるK工業に、就職していた。

十津川たちは、そのK工業の本社を訪ね、二人から、一緒に、話を聞くことにした。

K工業本社の応接室を、使わせてもらった。

十津川は、青木はるかにしたのと同じ質問を、花田美由紀と、池永真理の二人にも、してみた。

「彼女が、去年三月五日に、起きた殺人事件の証人になったことは、もちろん、知っていますよね？」

十津川が、きくと、二人は、うなずき、

「その話、何回も、彼女から、聞かされました」

と、美由紀が、笑い、真理が、うなずいている。

「その件で、彼女が、怖がっているようなことは、ありませんでしたか？」

「でも、刑務所に入った犯人は、もう、死んでしまったんでしょう？」

逆に、美由紀が、きく。

「刑務所に入って、三ヵ月もしないうちに、亡くなりました」

「それなら、彼女、べつに、怖がることなんかないんじゃないですか？」

「理屈ではそうですが、犯人が死んでしまっても、自分が、証言したことを、後悔していたのではないかとか、怖がっていなかったかとか、そういうことなんですが」

「いいえ、彼女、怖がってなんかいませんでした」

と、美由紀が、いい、真理は、

「怖がっているような様子とか、それらしい話はなかったわ」

と、いった。

十津川が、

「六月四日に、黒柳恵美さんは、郷里の、かみのやま温泉に帰るために、東京駅から『つばさ一一一号』に乗ったんですが、そのことは、知っていましたか？」

と、きき、続けて、亀井が、

「前から、かみのやま温泉に、一時帰ることは、彼女から聞いていましたか？」

「就職した後、ご両親から、一度帰ってこいと、せっつかれて、困っている。そんな話は、聞いていましたけど、何月何日の、どんな列車で、帰るというような詳しい話は、何も、聞いていません」

と、美由紀が、いい、真理は、

「私も同じです。どうせ帰れば、両親から、見合い話を、しつこく勧められるから、気が進まない。そういう電話が、あったのは、覚えているんです。でも、彼女、やっぱり、帰ったんですね」

「話は変わりますが、黒柳恵美さんには、大学時代に、恋人といえる存在は、いましたか？」

十津川が、きいた。

美由紀と真理の二人は、顔を見合わせてから、

「恋人というと、やっぱり、江藤君かしら？」

青木はるかと、同じ、江藤という名前を、口にした。

「江藤君が、恋人だったんですか？」

「二人が、どの程度のつき合いだったのかは、わかりませんけど、やっぱり、江藤君

の名前が、まっさきに浮かぶんです」

美由紀が、いった。

「同じS大の学生ですね？」

「ええ、江藤修君。確か、卒業した後は、K出版に、就職したということを、聞いたことがあるんですよ」

と、真理が、いった。

「卒業した後も、黒柳恵美さんは、その江藤修さんと、つき合っているんでしょうか？」

亀井が、きいた。

「わかりませんけど、たぶん、つき合っていると思いますわ」

と、美由紀は、いった後で、急に、難しい顔になって、

「恵美が、どうかしたんですか？」

と、十津川に、きいた。

「お話ししたように、六月四日の『つばさ一一一号』で、郷里の、かみのやま温泉に帰ったはずなんです。東京駅から、その列車に乗ったことは、まず間違いないのですが、郷里の両親のところには、いまだに、帰っていないのです。ご両親が心配して、

捜索願を、出されましてね。地元の警察から、私たちのところに、調べてほしいという依頼が、あったので、こうして、皆さんに、お話をお聞きしているのですよ」

「二日も、両親に連絡しないなんて、彼女らしくないわ」

　真理が、いった。

「黒柳さんというのは、どんな性格の女性ですか？」

「元気がよくて、頭がよくて、それに、約束は、きちんと、守るんです。だから、卒業してからも、親友でいるんです」

　美由紀が、いった。

「黒柳恵美さんは、母親が、あまりにもしつこく、見合い話を、勧めるので、それに、反抗して、恋人と一緒に、どこかに、姿を消してしまったのだという説もあるんですが、この考えについては、どう、思われますか？」

　亀井が、きくと、美由紀と真理は、顔を見合わせて、笑った。

「そんなことは、絶対に考えられません」

　と、美由紀が、いう。

「どうしてですか？」

「だって、彼女らしくありませんもの。彼女なら、きっと、いったん、郷里に帰って、ご両親に、見合いの話を、きちんと断わってから、東京に帰ってくるはずです。いくら、見合い話が、イヤだからといって、黙って姿を消すような、そんな、性格じゃないわ」

と、いうのである。

(そうなると、どうしても、事件の可能性が出てくるな)

と、十津川は、思った。

7

最後に、十津川たちは、江藤修に会うために、神田のK出版を訪ねた。

もし、江藤も休んでいるのだったら、黒柳恵美と示し合わせて、姿を消した可能性が出てくるのだが、江藤は、K出版で出している雑誌の、編集部員として、出勤していた。

K出版の応接室で、二人の刑事は、江藤に会った。

警察手帳を見せてから、十津川は、

「S大の同窓生だった、黒柳恵美さんは、ご存じですね？」

と、まず、きいた。

「ええ、もちろん、知っていますよ」

「卒業後も、黒柳恵美さんとは、つき合っていますか？」

「いや。僕は、このK出版に就職して、まだ間がないし、彼女も、日本実業という会社に入って、間がないから、お互いに忙しくて、時間も合わない。それで、なかなか会えないんですよ。そのうち、お互いに、仕事に慣れたら、一緒に、旅行でもしようかと、いっているんですけどね」

「同じ時に、S大にいた青木はるかさん、花田美由紀さん、池永真理さんの三人も、ご存じですね？」

「ええ。もちろん」

「この三人に、きいたところ、黒柳恵美さんの恋人は、江藤修さんだと、口を揃えて、いっていますが、どうですか？　間違いありませんか？」

十津川が、きくと、江藤は、照れた顔になって、

「僕には、わかりませんね。彼女が、恋人に見えるようなことも、あったし、ただの友だちにしか見えないような時も、あったから、恋人とは、正直いって、いい切れないな。だから、彼女にきいてみてください」

「黒柳恵美さんは、六月四日、郷里の、かみのやま温泉に帰るために、東京駅から『つばさ一一一号』に乗りました。このことは知っていましたか？」

「いや、六月四日という日にちまでは、知りませんでした。帰ってこいと、両親がうるさくいうので、近いうちに一度、郷里に帰ってくるつもりだと、彼女は、いってはいましたけど」

と、江藤が、いい、続けて、

「彼女、何日ぐらい、向こうにいるつもりなんですかね？　会社のことがあるから、せっかく行っても、すぐに帰ってこなければならないんじゃありませんか？」

「ところが、東京駅から、六月四日に『つばさ一一一号』に乗ったことは、まず、間違いないんですが、それ以降、行方不明に、なっているんです。もう二日経っているというのに、彼女は、いまだに、郷里の両親のところに、顔も出さないし、連絡も、してこないんですよ。両親が心配して、地元の警察に捜索願を出しましてね。それで、われわれが、こうして、彼女の知り合いに、当たっているんですが、江藤さんは、何か、知っていることは、ありませんか？」

「いや、全然。今、刑事さんにお聞きするまで、六月四日に、彼女が、郷里に帰ったことも、知らなかったくらいなんですから」

と、江藤は、いった。

「最近になって、黒柳恵美さんが、何かを、怖がっているとか、不安に、感じているとか、そんなことを、きいたことはありませんか？」

「いや、全然、ありませんね」

「最後に会ったのは、いつですか？」

「いや、会ってはいないんです。電話では、時々、話していましたけど」

「じゃあ、いちばん最後に、彼女と、電話で話したのはいつですか？」

「確か、六月に入ってすぐだから、六月の一日か、二日でしたかね」

「その時は、彼女のほうから、電話をかけてきたんですか？」

「いや。僕のほうからです」

「その時、どんな話を、したんですか？」

「さっきも、お話ししたでしょう？　お互いに、入社早々なので、忙しくて、時間が取れない。だから、もう少し経って、仕事に慣れて、時間ができたら、旅行でもしないかと、僕が誘ったら、彼女も、ぜひ行きたいと、応じてくれたんですよ。話したのは、それぐらいですけど」

江藤が、いった。

「その電話が、最後だったんですね？　間違いありませんか？」

十津川が、念を押した。

「ええ。いちばん最後に、電話をしたのは、これです」

「六月四日以後、あなたに、彼女から電話はありませんでしたか？」

「いいえ、全然、ありません。そろそろ、電話してみようかなと、思ってはいたんですが」

江藤が、いう。

彼の表情を見ていると、ウソをついているようには、見えなかった。

「もし、彼女から連絡の電話が入ったら、すぐ私に知らせてください」

十津川は、最後に、自分の携帯の番号を、江藤に教えた。

8

六月八日になった。

依然として、黒柳恵美の消息は、つかめないままである。

捜査本部では、彼女が、誘拐されたのではないかと、考える刑事もいた。

しかし、十津川は、その説には、賛成しなかった。

黒柳恵美の両親に、犯人から、身代金を要求する、電話も手紙もなかったし、JRの話では、六月四日の「つばさ一一一号」十一号車の車内でも、また、連結されて仙台に向かった「やまびこ一一一号」の車内でも、何も、事件は起きていないと、知らされていたからである。

さらに、一日経った六月九日、五人の証人の一人、小川長久が、旅行から帰宅したと、家族から知らされ、十津川は、亀井と二人で、小川に、会いに行った。

自宅を訪ねると、現在七十九歳という、小川長久は、元気に、庭に出て、植木の手入れをしていた。

十津川たちは、庭の花壇のそばに置かれたベンチに、腰をおろして、小川から、話を聞くことになった。

「六月四日に、『やまびこ一一一号』で仙台に行かれたんでしたね？」

十津川が、きくと、小川は、手についた土を、払いながら、

「ええ、仙台に、行ってきました」

「仙台には、何をしに、行かれたのですか？」

「仙台で毎年九月に、ジャズ・フェスティバルがあるのは、知っていますか？」

逆に、小川が、きいた。

「いや、知りませんが」

「十年以上続いている、フェスティバルですよ。九月の二日間、仙台市内で、アマチュアのジャズ・フェスティバルがあって、会費の千円を払えば、誰でも、参加できるんです。私は、去年、偶然に、参加しましてね。とても気持ちがよかったので、今年も、参加したいと思って、申し込みに、行ったんです」

少し、意外な話になってきたなと、十津川は、思いながら、

「そのフェスティバルで、小川さんは、何をされるのですか？」

「クラリネットです。大学時代に、バンドに入っていましてね、クラリネットを、吹いていたんです。大学を卒業して、会社勤めをするようになってからは、ほとんど、吹かなかったんですけど、去年、久しぶりに、歩行者天国で、吹きましてね。拍手をもらったら、嬉しくて、涙が出ました。それで、今年も、やりたくなったんですよ」

「それだけですか？」

思わず、十津川は、こんな質問をしてしまった。

小川は、苦笑して、

「私はもう、来年、八十歳になる老人ですよ。そんな老人にとって、仙台のジャズ・

フェスティバルで、みんなの前で、クラリネットを吹けるというのは、ものすごく、嬉しいことなんですよ」

「そんなに楽しいですか？」

亀井が、きくと、小川は、急に立ち上がって、

「いいものをお見せしますよ」

と、いって、家の中から、二枚の写真を持ってきた。

なるほど、そこには、人々に囲まれて、楽しそうに、クラリネットを吹いている小川の姿が、写っていた。

「有名なミュージシャンは、一人も、来ないんですよ。全部アマチュアです。だから、いいのかな。全国から、私のような、素人のミュージシャンが、集まって、また、それを見るために、去年は、七十五万人もの観光客が、ジャズ・フェスティバルに、集まってきているんです」

小川は、一生懸命、その楽しさを、説明してくれた。

「だいたい、わかりました」

と、十津川は、いった後、

「六月四日、小川さんは、仙台行きの『やまびこ一一一号』に、乗られましたね？

東京発午前十時〇八分の、新幹線です」

「ええ、乗りましたけど、それがどうかしましたか?」

「その『やまびこ一一一号』には、山形に行く『つばさ一一一号』が、連結されているんです。そして、福島で分かれる」

「それも、知っていますよ。うちの孫が、列車が好きで、列車の運行なんかに、とても詳しいんですよ。その孫から、聞いたから、知っています」

「去年三月五日の殺人事件で、小川さんと同じように、証人になった黒柳恵美さんのことは、もちろん、ご存じですね?」

「ええ、黒柳恵美さんなら、知っていますよ。一緒に、法廷で、証言しましたからね。しかし、最近は、会っていませんね。確か、私たちが証言して、刑務所に入った犯人は、刑務所の中で、死んでしまったんですよね? それでもう、私自身も、事件との関わりが、なくなってしまったから、ほかの証人の人とも、あまり連絡を取らなくなってしまいました。そのことで、何か、問題でも起きたんですか?」

「実は、黒柳恵美さんは、小川さんと、同じ、六月四日の『つばさ一一一号』に乗って、郷里のかみのやま温泉に向かったのですが、いつまで経っても、郷里の両親のところに、姿を見せないのです。失踪してしまったようなんです。そこで、同じ六月四日の同じ列車に、乗られた小川さんに、おききしようと思いましてね。何か、心当たりはありませんか？」

十津川が、きくと、小川は、手を小さく横に振って、

「心当たりなんて、全然、ありませんよ。同じ六月四日に、黒柳恵美さんが、郷里に帰るために、『つばさ一一一号』に、乗ったことも、今、初めて知ったんですから」

「最近、脅迫状のようなものを、受け取ったことは、ありませんか？」

十津川が、きいた。

小川は、エッという顔に、なって、

「脅迫状って、何のことですか？」

「あなた方五人が、証言した時、法廷で、犯人の松本弘志から、殺してやると、脅されましたよね？　そのことは、覚えていますか？」

「ええ、覚えていますとも。あれは、面白かった」

小川は、笑った。

「その後、松本弘志は、刑務所の中で死んでしまったのですが、実は、その松本弘志の名前で、黒柳恵美さんに、脅迫状が届いているんですよ」

十津川は、黒柳恵美のマンションで、見つけた脅迫状の写しを、小川に、見せた。

小川は、一目見るなり、

「ああ、これですか」

と、いって、また、笑った。

「ひょっとして、小川さんのところにも、これと、同じものが、来ているんじゃありませんか？」

「ええ、来ていますよ」

あっさりと、そういって、小川はまた、家の中に戻り、その手紙を、持ってきて、十津川たちに見せてくれた。

まったく同じ白い封筒、パソコンの文字、そして、宛て名には、小川長久殿と書かれているが、住所は、書かれておらず、切手も、貼られていない。

「これは、差出人が、わざわざ、うちまで来て、放り込んでいったんですよ。だから、住所を書いていないし、切手も貼っていないんでしょうね」

と、小川が、いった。

「これを受け取った時、小川さんは、どう思われましたか？」

十津川が、きいた。

「いや、べつに、なんとも、思いませんでしたね。おそらく、去年三月五日の事件について、知っている奴が、面白がって、やっているんだと思いますよ。署名している松本弘志さんは、すでに、刑務所の中で死んでいるんだから。死人が、こんな脅迫状を書いて、届けてくるなんてことは、あり得ませんからね。きっと、誰かのイタズラですよ」

小川は、笑いながら、いった。

第三章　予告殺人

1

黒柳恵美は、依然として、行方不明のままだった。

十津川は、山形県警の協力を得て、必死に、彼女の行方を、捜しているのだが、いまだに、その所在がつかめない。

黒柳恵美が、最初、両親の住んでいる山形県かみのやま温泉駅で降りることに、決めていたことは、間違いないと、十津川は、思っている。

ところが、黒柳恵美が、かみのやま温泉駅で降りた気配はないのである。

とすれば、その途中で、下車したことになるのだが、目的地の手前で、降りたことには、それなりの理由があるはずである。

三上刑事部長は、こんなことを、いっていた。

「若い黒柳恵美には、すでに恋人がいて、それを知らない母親は、娘の恵美に、一度、郷里に帰ってきて、見合いをすることを、勧めていた。恵美は、それに、反発して、途中で降りてしまい、そこから母親に連絡をして、自分には、好きな男がいるので、見合いはできないと、抗議するつもりだったんじゃないのかね？」

確かに、ありそうな話だが、二日、三日と経っても、黒柳恵美から、両親に、連絡が入らないところを見ると、三上の推測は、どうやら、間違いのようである。

十津川は、イヤな予感に襲われてきた。

黒柳恵美は、大学を卒業して、就職していた。

ただ、彼女は、殺人事件の証人でもあった。証人は、黒柳恵美のほかに、四人いるのだが、そのうちの二人は、すでに死亡している。

二十歳の大石あずさは、ボーイフレンドと一緒に遊びに行った沖縄の石垣島で、溺死している。

四十二歳の宮田直人は、自宅アパートの風呂場で死亡し、自殺と、思われている。

ひょっとすると、黒柳恵美は、五人の証人の中の、三人目の死亡者になってしまうかもしれないと、十津川は、不安視していた。

さらに、一日経った六月十日、十津川の不安が、的中してしまった。

すでに、東北地方も梅雨に入っていて、その日、猪苗代地方は、朝から、小雨が降っていた。

その小雨の中でも、猪苗代湖の遊覧船は、予定通り、出港している。スワンの形をした遊覧船である。

遊覧船に乗っていた、観光客の一人が、湖面に浮かんでいる若い女性の死体を、発見したのである。

知らせを受けた福島県警が、船を出し、湖面に浮かぶ若い女性の水死体を、岸に引き上げた。

検視官が見ると、水死体の首には、背後から扼殺《やくさつ》された形跡があった。

殺人事件と断定され、猪苗代警察署に、捜査本部が、置かれたのだが、身元を確認する段になって、山形県警と、東京警視庁が捜している黒柳恵美ではないか、ということになった。

知らせを受けて、警視庁と山形県警から刑事がやって来た。警視庁から来たのは、捜査一課の十津川警部と、亀井刑事の二人である。

十津川は、死体を見るなり、

「間違いなく、私たちの捜している、黒柳恵美です」

「警視庁では、山形県警と一緒に、この女性を、捜していたそうですね？　その理由を、簡単に教えていただけませんか？」

福島県警の佐藤が、いった。

十津川は、まず、去年三月五日の、白昼の殺人事件について説明し、

「この殺人事件には、目撃者が、多数いて、五人の男女が、松本弘志という男が、犯人だと証言してくれました。ところが、この五人の証人のうち、二人は、すでに死亡していて、今度、黒柳恵美が死んだとなると、三人目の死亡者が、出たことになります」

「その事件なら、うちとは、関係がありませんが、覚えていますよ」

と、佐藤警部が、いった。

「それで、警視庁は、どう考えておられるのですか？　五人の証人のうち、これで、三人が亡くなってしまったわけでしょう？　犯人が、証人たちを、次々に、消しているということでしょうか？」

「ところが、五人の証言によって、刑務所送りになった殺人犯、名前は、松本弘志というのですが、その松本は、すでに、刑務所の中で、病死しています。すでに、死亡

している殺人犯が、証人を恨んで、次々に、消していくというストーリーは、間違っているように見えていたんです。ところが、今回、三人目の、黒柳恵美が亡くなりました。しかも、扼殺されていた。前の二人の証人の死は、それぞれ、事故死と自殺の可能性も、あったのですが、今回は違います。明らかに殺人です。そうなると、やはり、去年三月五日の殺人事件について、証言したことが、殺される理由になっているのかもしれません」

「しかし、犯人は、すでに、亡くなっているわけでしょう?」

「それで、疑問が生まれてしまっているのです。この松本弘志という犯人ですが、公判の時に、五人の証人に向かって、お前たちを、一人残らず殺してやるといっているんです。この男が、現在も、生きていれば、五人の証人のうちの三人が、証言したために殺されたと、考えられるのですがね」

「犯人が死んでいるなら、犯人の身内とか、恋人が、刑務所で亡くなった男のために、証人を、次々に殺して、復讐しようとしているんじゃありませんか?」

「実は、私たちも同じように、考えました。それで、病死した松本弘志の友人関係、異性関係、その上、両親や身内まで、徹底的に、調べたのですが、これはという容疑者が、浮かんでこないのですよ」

上山の、黒柳恵美の両親は、山形県警の刑事と一緒に、猪苗代署に、到着した。

さまざまな可能性のある若者の死というのは、いつも悲しいものである。黒柳恵美のように、大学を卒業し、社会人としての、第一歩を踏み出したばかりの若者の死は、なおさら、悲しいものである。

両親は、しきりに、十津川に向かって、

「いったい、誰が、娘の恵美を、殺したんですか？　一刻も早く、犯人を、捕まえてください」

と、繰り返した。

「そのために、私のほうから、ご両親に、お願いがあるんですよ」

十津川が、いった。

「どんなことでしょうか？」

母親が、きく。

「お嬢さんの葬儀の件ですが」

「もちろん、上山に帰って、葬儀をするつもりですけど」

「それを、ぜひ、東京で、やっていただきたいのです」

十津川の言葉に、両親が、気色《けしき》ばんで、

「今は、一刻も早く、娘を郷里の上山に、連れて帰りたいのですよ。それなのに、どうして、東京で、葬儀をやらなければならないのですか？」

「今、ご両親がいわれた、一刻も早く、犯人を捕まえたいと。犯人が、お嬢さんを殺した動機は、上山にではなくて、東京に、あるんです。東京で葬儀をすれば、ひょっとすると、犯人が、様子を見に、顔を出すかもしれません。ですから、お嬢さんを、殺した犯人を、見つけるためにも、東京で、葬儀をあげていただきたいのです」

十津川は、繰り返した。

両親は、頑《かたく》なに反対した。一刻も早く、郷里に、連れて帰りたいのだ。

それを、なんとか、十津川が説得して、渋々ながら、両親に、承知してもらうことができた。

2

二日後、東京・中野のS寺で、黒柳恵美の葬儀が、行われた。

葬儀には、黒柳恵美と同じ大学の同窓生が、たくさん参列してくれた。

それから、彼女が、大学時代の四年間、暮らしていたマンションの住人や、周辺の人々、彼女が就職した会社の、人事課長などが、参列した。

それを、見て、亀井が、

「黒柳恵美という娘さんは、大学の同窓生にも、人気があったし、近所の人たちにも、可愛がられていたんですね」

と、感心したように、いった。

「私も、同感だよ。こうなってくると、なおさら、松本弘志のことが、引っ掛かってくるね」

「松本弘志が、最後に遺した、例の呪いの言葉ですか？　まさか、警部は、あの言葉が、実行に移されていると、思われているわけではないでしょうね？　死人に、殺人はできませんよ」

「この葬儀を見ていると、黒柳恵美という女性は、誰からも可愛がられていたんだ。彼女を殺す動機を持った人間なんか、一人もいないように、見えるじゃないか？　そうなってくると、いやでも、唯一の容疑者として、松本弘志の名前が浮かんでくるんだよ」

「彼のことは、相当、調べましたよ。彼に女がいて、死んだ松本弘志の恨みを晴らしているのではないかとか、松本弘志の友達が松本のために、殺しを、続けているのではないかとか、いろいろと、調べたじゃないですか？　しかし、これはという人間は、見つかりませんでしたよ」

「確かにそうだが、ひとつだけ、調べ忘れていたことが、あるのに気がついたんだ」

「何ですか、それは？」

「金だよ。松本は、消費者金融会社を、経営していたんだ。ところが、彼が逮捕されると、その会社は潰れ、社員も皆、どこかに行ってしまった。それはいいんだが、松本弘志の個人資産というのが、見つからなかった。銀行には、一円の預金もなかった」

「それは、松本が、銀行を、まったく信用していなかったからでしょう。預金なんかしていれば、税務署に、すべて、わかってしまいます。だから、預金は、していなかったんでしょう」

「そうなると、儲けた金は、全部、現金で持っていたんだろうか？　しかし、現金も見つかっていないんだ」

「松本弘志は、それほど、贅沢をしていたわけでは、ありませんし、高級車を何台も買ったり、高級マンションに住んだりも、していませんでした。したがって、かなりの金を持っていたはずですよ」

「だが、それが、どこに行ったかが、わからないんだ」

十津川が、繰り返した。

松本弘志が住んでいた場所の税務署に、協力してもらうことにした。

松本弘志が刑務所に入る前年、松本が、五億円の所得を、隠していると見て、税務署は、二億五千万円の、税金を追徴することになっていた。

それが、実行されないうちに、松本弘志は、殺人罪で、逮捕され、おまけに刑務所の中で、死亡してしまったのである。

「五億円の利益を、隠していたということですが、五億円という数字は、信頼性のある数字なんでしょうか？」

十津川は、税務署の署長に、きいてみた。

「五年間にわたっての、数字ですからね。かなりの信頼性があると、思っていますよ。しかし、追徴金二億五千万円が取れないうちに、肝心の、松本弘志本人が亡くなったために、これ以上、調べようがなくなってしまい、とても残念です」

「五億円が、あるとしてですが、今、どこに、どんな形で、隠されていると思われますか？」

十津川が、署長に、きいた。

「おそらく、現金で持っていると、にらんでいます」

「もう一度、お聞きしますが、五億円という数字には、かなりの、自信をお持ちなんですね？」

「ええ、持っています。うちの人間が、松本弘志のやっていた、会社の経営状態や、社員の数などを計算して、導き出した金額ですから、自信を持って、五億円と考えています」

それが、署長の答えだった。

3

「あそこの税務署長は、この数字に、自信を持っていた」

と、十津川は、亀井に、告げた。

「五億円ですか？」

「税務署の立場からいえば、その五億円の収入に、対する税金だから、二億五千万円ということになってくる」

「二億五千万円の、取りっぱぐれですか？」

「そうなんだ。肝心の、五億円を誰が持っているかがわかれば、今からでも、徴収するといっていた。私は五億円という数字が、どうしても、気になるんだよ」

と、十津川が、いった。

「わかりますよ。松本弘志の犯行を証言した証人が、五人ですからね」

「単純計算すれば、一人一億円だ」

十津川が、いうと、亀井が、ニヤッとして、

「警部、変なことを、考えているんじゃないでしょうね」

「何をだ？」

「誰かが、問題の、五億円を持っていて、一人、証人が、殺されるごとに、一億円の成功報酬を払っている。そんなことを、考えていらっしゃるんじゃないでしょうね？」

「正直にいうと、考えたことがある。だが、いくら考えても、リアリティがないんだ」

十津川が、笑った。

4

十津川は、もう一度、松本弘志という男のことを、調べ直すことにした。

彼の生い立ちから、刑務所内で死ぬまでのすべて、それから、彼がやっていた、消費者金融会社のことである。

黒柳恵美の死が、はっきりした殺人だったために、十津川は、捜査員を増やして、捜査することが許された。

松本弘志は、岩手県の農家の、長男として、生まれている。地元の小中高校と進んだが、高校二年の時に、下級生を脅して、数万円の現金を奪ったために、停学処分となり、そのまま、高校を、中退してしまった。

十八歳で上京し、まず、勤めたのは、水商売である。

二十二歳の時、傷害罪で、逮捕されたが、執行猶予。しかし、二年後の、二十四歳の時に、再び傷害事件を起こし、この時は、一年間、刑務所に、入っている。

二十六歳で大手の消費者金融会社に就職、そこで、金融業の勉強をしたらしい。

二十八歳で独立し、松本金融を、設立した。その間に、岩手の両親は、相次いで、病死している。

三十歳になった時、松本弘志は、殺人事件を起こし、刑務所に、送られ、そこで死んだ。松本が作った、松本金融という会社も、自然に消え、そこで、働いていた四人の社員も、いなくなった。

その一人に、西本刑事が、会うことができた。

西本が、井上明《いのうえあきら》という、二十六歳の元社員の男を、捜査本部に連れてきたので、十津川と亀井の二人が、直接、話を聞くことになった。

「松本金融で働いていたのは、どのくらいの期間ですか？」

と、まず、十津川が、きいた。

「一年半かな」

と、相手が、答える。

「社長の松本弘志という男は、どんな人間でしたか？」

亀井が、きくと、井上明は、ニヤッと笑って、

「怖かったですよ。普段は、静かなんですけど、キレると、怖いんですよ。何をするか、わからないから」

と、いう。

「なるほどね。最後には、キレてしまって、殺人まで、犯してしまったというわけですね。確か、あの事件は、喫茶店の経営者が、松本金融から、金を借りて、返さないことに腹を立てた松本弘志が、相手の店に乗り込んでいって、いきなり、店のオーナーを、殺してしまった事件だった。あの事件が起きた時、どう思いましたか？　社長なら、そのくらいのことはすると、思いましたか？」

「そうですね。それでも、やはり、ビックリしましたよ」

「会社の経営は、どうだったんですか？　あの会社で、いちばん問題なのは、貸した金が返ってくるかどうかでしょう？　その点は、うまくいっていたんですか？」

「今もいったように、うちの社長は、怖かった。どうしても、取れないとなると、社長自らが、相手のところに、乗り込んでいくんですよ。そうすると、相手が怖がって、なんとか工面して、返してきましたね」

「じゃあ、うまくいっていたんだね？」

「ええ、儲かっていたと思いますよ。僕たち社員の給料も、かなり、高いほうでした。だから、社長が怖くても、誰も、辞めなかったんですよ」

と、井上が、いった。

「税務署の署長と、話をしてきたんですが、松本金融という会社は、五億円ぐらいは儲かっていたんじゃないか？　それくらいの、儲けを隠していたんじゃないか？　そういう話に、なっているんですが、社員のあなたから見ても、そのくらい、儲かっていたと思いますか？」

「五億円の所得隠しですか」

と、井上は、鸚鵡《おうむ》返しに、口にしてから、

「そうですね。あの社長なら、そのくらいの金は、隠していたかもしれませんね。なにしろ、儲けるのは、好きだけど、税金を払うのは、嫌いだと、日頃から、よくいっていましたから」

「じゃあ、五億円ぐらいの所得隠しは、あっても、当然だということですか？」

「本当のことは、僕には、わかりませんよ。でも、社長を見ていると、五億円ぐらいは、どこかに隠していたんじゃないかと、そう思いますね」

と、井上が、いった。

5

十津川は、質問を続けた。

「松本金融は、雑居ビルの中に、ありましたね？」

「そうです」

「そこに、少し変わった人、あなたの目から見てですが、そういう人が、社長を、訪ねてきたことは、ありませんでしたか？」

「変わった人ですか？」

「たとえば、一目で、暴力団員とわかるような、強面《こわもて》の人間とか、場違いな感じの女性とか、そういう人たちですが、そういう人たちが、訪ねてきたことはありませんか？」

「そうですね」

と、いって、井上は、少し考え込んでいたが、

「チンピラ風の男が、出入りしていたことはありますよ。そんな時には、社長は、適当にあしらって、小遣いを、渡していたようですから、これは、そんなに問題ではないと思います」

「女性のほうは、どうですか？　こちらで調べた限りでは、松本弘志には、特定の女性はいなくて、水商売の女性と、適当に遊んでいたということに、なっているのですが」

「それは、社長のモットーなんですよ。特定の恋人ができると、金がかかって仕方がないから、水商売の女と、適当に遊んでいたほうがいい。社長は、いつも、そういっていましたね」

「それを、松本弘志は、実行していたようですか？」

「そうですね。僕なんかも、新宿のキャバクラなんかに、連れていってもらったことがありますよ。でも、社長の恋人には、会ったことが、ありませんね。特定の女性は、いなかったんじゃないですかね」

と、井上が、いった。

「本当に、いなかったんですかね？」

亀井が、念を押すと、井上は、また、少し考えて、

「一度だけ、変な女性に、会ったことがありますね」

「変な女性って？」

「二年前の秋頃だったかな。僕が残業していたことが、あるんですよ。その時、社長も、残っていましたけどね。変な女が、社長に、会いに来たんです」

「年齢は？」

「三十代ですかね。黒ずくめの格好をしていて、ドアを開けて、入ってきたのです

が、僕が、どなたさまですか、と聞いても、返事をしないんですよ。そのまま、どんどん社長室に、入ってしまったんです。僕が、残業を終えて、帰ろうとしていたら、社長が出てきて、彼女のことは、誰にもいうなといわれましたよ」

「松本社長は、どうして、そんなことを、あなたに、いったと思いますか？」

十津川が、きくと、

「わかりません」

と、いった後、井上は、

「ひょっとすると、彼女、霊感師かなんかじゃありませんかね」

「霊感師ですか」

と、十津川が、首をひねる。

「よくいるじゃありませんか？　霊感が強くて、いろいろなことを、予言する人が」

「その女性が、そういう人だと、思ったわけですか？」

「そうなんですよ。うちの社長には、そういう、予言者のような人がついていて、新しい仕事を、始める時など、いちいち、その女性に、お伺いを、立てていたんじゃないかと思うんですよ。それで、社長は、女のことは、しゃべるなといったんじゃないでしょうか？」

「井上さんが、そんなふうに、考えたのには、何か、特別な理由があるんじゃありませんか？　その女性が、なんとなく異様な感じだったとしても、それだけでは、ないでしょう？」

十津川が、きき、亀井も、

「なぜ、井上さんは、そんなことを考えたのですか？」

「社長が、仕事のことで、何か、迷っていた時は、ありました。たとえば、仕事が順調にいっていて、もうひとつ支店を作ろうじゃないかという話になり、そのことで、社長が、ずいぶん悩んでいたことはあります。社長の気質からすると、ここは、前進して支店を作り、儲けを、もっと多くしよう。そういう社長なんですが、失敗すれば、元も子もなくなってしまいます。あの社長らしくもなく、すごく、悩んでいましたね。それで、あの女性を、呼んだのではないかと、僕が、そんなふうに、考えただけで、当たっているかどうかは、わかりません」

「それで結局、支店は、作らないことになったんですね？」

「ええ、そうです」

「その女性が、現れて、そのあとすぐ、決めたんですかね？」

「そうですね。あの女性が現れて、翌日か二日後に、支店は、作らないことに決めたから、みんなも、ここで、頑張ってくれ。そんなふうに、社長は、いいましたから」

と、井上が、いった。

「その後、その女性に会ったことは、ありませんか？」

「いいえ、ありません。一度だけです」

井上は、はっきり、いった。

十津川は、井上のその話に、強い関心を、持った。

6

十津川は、井上明に頼んで、たった一度しか会ったことのない、その女の似顔絵を、描いてもらうことにした。

顔は、正確でなくてもいい。ただ、全体の印象を、描いてもらえればいい。十津川は、そう思っていた。

松本弘志が住んでいたのは、京王線の明大前駅近くのマンションである。七階建ての中古マンションで、そこの、２ＬＤＫの部屋を借りていた。

十津川は、亀井と二人で、問題の似顔絵を持って、そのマンションを、訪ねた。

松本弘志を、殺人容疑で、逮捕した直後、十津川は、このマンションを、何度か訪れ、松本の部屋を見たり、管理人に、話を聞いたりしている。

十津川が、管理人に会うと、管理人のほうから、

「お久しぶりですね」

と、挨拶された。

「松本さんは、刑務所で、亡くなったんでしょう？」

とも、いう。

「そうです。刑務所の中で、亡くなりました」

「それなのに、まだ、松本弘志さんのことを調べに、いらっしゃったんですか？」

管理人が、きく。

十津川としても、この管理人には、協力してもらわなければならないので、声を小さくして、

「実は、松本弘志は、あなたが、知っているように、消費者金融会社を、経営していたんですよ。今になって、こちらで調べたところ、松本弘志は、どうやら、かなりの金を隠していたらしいことがわかったので、こうして、調べ直しているのですよ」

と、いうと、管理人は、うなずいて、

「やっぱり、大金を、隠していたんですか。そんなことじゃないかと、思っていたんですよ」

と、したり顔で、いった。

「ところが、どこを探しても、その金が、見つからないんですよ」

「松本さんは、どのくらいの金を、隠していたんですか？」

管理人は、興味津々という顔で、きく。

「五、六億円ぐらいは、貯めていたんじゃないかと、見ています」

「そんなにもですか。しかし、ここの部屋には、ありませんよ。今は、きれいにして、次の人に、貸していますが、一円も見つかっていませんね」

管理人が、いった。

「問題は、その金を、今、どこの、誰が、持っているのかということなんですよ」

「わかったんですか？」

「いや、今、探しているところでしてね。そこで、管理人さんに、協力していただきたいのですが」

十津川は、持ってきた、女の似顔絵を、管理人に、見せた。

「この女性を、見たことはありませんか？」

「この女が、五億円を、持っているんですか？」

「それは、まだ、わかりません。とにかく、この女性の格好を、見てください。黒ずくめで、ちょっと、変わった格好をしているでしょう？　もし、この女が、松本弘志と一緒にいるところを、見たのなら、印象に残っていると、思うのですが、松本弘志に会いに来たことは、ありませんか？」

「変な格好をした女ですね」

管理人は、感心したような顔で、似顔絵を見ていたが、急に、思いついたのか、

「そういえば、これに似た女を、一度だけ、見たことが、ありますよ」

「松本弘志の部屋を、訪ねてきたんですか？」

「いや、部屋に、上がったんじゃないんですよ。いつ頃でしたかね、二年前の秋頃だったと思うんだけど、夜遅く、なんとなく、そこの窓から、通りを見ていたんですよ。そうしたら、午前一時か二時頃、松本さんが、女の人に、車で送られて、帰ってきたんですよ。車を降りたところで、抱き合っていましたけどね。その後、松本さんだけが、一人で、マンションに入ってきたんです。その時の女性が、こんな感じでしたね。黒っぽい服で、そうだ、大きな、黒い帽子を、かぶっていましたよ」

と、管理人が、いう。

「間違いありませんか？　その女性が、松本弘志を、このマンションまで、送ってきたんですね？」

「ええ、そうですよ」

「その女性は、どんな車に、乗っていたんですか？」

亀井が、きいた。

「それが、すごい車でしてね。真っ赤で、あれは、どう見ても、外車ですよ」

と、管理人が、いう。

「フェラーリかな？」

「フェラーリって、いうんですか？」

「イタリアのスポーツカーなんですけどね」

と、十津川は、いい、管理人に紙を、借りて、それに、うろ覚えの、フェラーリの形を、描いてみせた。

「こんな形で、塗装は、真っ赤です。それが、フェラーリの赤と、呼ばれていましてね。人気なんですよ」

「ああ、そうだ、こんな格好の車でした、二人乗りの」

「ええ、フェラーリも、二人乗りです。ナンバーは、覚えていませんか？」

十津川は、あまり期待せずに、きいた。

「ナンバーは、覚えていませんけどね、東京ナンバーではなかったことは、間違いありません」

と、管理人は、いう。

「東京じゃないとすると、どこの、ナンバーですかね？」

「ほら、格好のいい、ナンバーがあるじゃないですか？　ええと、そうだ、湘南ですよ、湘南」

管理人が、大きな声を出した。

「この女性を見たのは、二年前だといいましたね？」

「確か、九月頃じゃなかったかな」

と、管理人が、いう。

松本金融で働いていた、井上という社員が、この奇妙な女を、見たのも、秋頃だといっていた。その頃、社長の松本が、支店を出そうか、迷っていたのだろう。そして、二人の人間が、この黒ずくめの女を目撃しているのだ。

二年前の九月頃、仕事に迷って、松本は、頻繁に、この女に会ったのだろうか。それとも、前々から、会っていて、二人の男に見られたということなのか？

松本が、支店を出すことを、やめたということは、この黒ずくめの女の言葉を、信じたということかもしれない。

二人が、どんな関係なのかは、わからない。愛人関係なのかどうかも。しかし、とにかく、松本弘志は、彼女のいうことを、信じたのだろう。

少し、飛躍しすぎるかもしれないが、問題の五億円を、この、黒ずくめの女が、現在、持っているとしても、おかしくはない。

十津川は、このあと、陸運局の力を借りることにした。

湘南ナンバーの車は、東京ナンバーよりも多くはないだろう。それに、真っ赤なフェラーリである。持ち主は、三十代の、黒い服の好きな女である。

こうやって、少しずつ絞っていけば、自然に答えが出てくるだろうと、十津川は、楽観していた。

十津川が、予想した通り、一週間もしないうちに、答えが、見つかった。

名前は、佐久間《さくま》有也《ゆうや》、三十五歳。

大磯プリンスホテル別館の近くにある、大磯ビレッジというマンションの八〇五号室。

それが、探していた女の、名前と住所だった。

「佐久間有也ですか。なんだか、男みたいな名前ですね」

十津川が、いうと、電話で教えてくれた陸運局の職員は、笑って、

「男ですよ」

と、いった。

「男ですか」

「誰にも、女としか、見えないそうですが、れっきとした男です」

「何をやっているのか、わかりますか？」

「いや、こちらでは、そこまでは、わかりません」

そこで、十津川は、大磯警察署に、電話をして、佐久間有也という人間について、調べてもらうことにした。

大磯警察署から送られてきたファックスには、こうあった。

〈佐久間有也、三十五歳。横浜市〇〇区××町で酒店を営む両親の次男として生まれる。

中学時代、いじめに遭い、二度の自殺未遂を、繰り返した後、高校を二年で中退し、家を出る。

その後、東京、大阪などで、水商売に入り、十九歳の頃から、女装を始めるととも

に、西洋の占星術に凝り、東京のT・Sという西洋占星術師のもとで、勉強する。三十歳の時に、西洋占星術の看板を掲げて、その黒ずくめの衣装と、よく当たるという評判から、人気を得てきたが、去年の暮れごろから、その看板を、引っ込め、大磯のマンションに、閉じ籠っている。その原因は、不明〉

写真も二枚、添付されていた。

一枚は、黒ずくめの格好に、大きなつばのある帽子をかぶった、女装の、現在の姿の写真であり、もう一枚は、中学時代の写真である。

中学時代の写真は、色白だが、どこにでもいる、普通の中学生という感じだった。

十津川は、二枚の写真を、捜査本部の壁に貼りつけた。

写真の前で、捜査会議が開かれた。

十津川は、ここまで来て、わかってきたことを、刑事部長の、三上に説明した。

黒板には、五人の証人の名前が、書かれてあり、そのうちの三人、大石あずさ、二十歳、宮田直人、四十二歳、そして、黒柳恵美、二十二歳の三人の名前の頭には、×印がつけてあった。

「ご覧のように、五人の証人のうち、二人は、すでに、死亡していましたが、今回、三人目の黒柳恵美が、殺されました。今回の黒柳恵美は、間違いなく、殺人です。この事件については、現在、福島県警が捜査中です。もう一枚、こちらの、大きな写真は、黒柳恵美の葬儀の模様を、写したものです。葬儀には、友人たちをはじめ、たくさんの参列者が、集まりました。それを見て思ったのですが、大学を卒業し、社会に出たばかりの黒柳恵美という女性を、恨んで殺すような人間は、まず、考えられないということです。これという敵は、いなかった。そうなると、どうしても、彼女が、去年の殺人事件で証人になった、そのことによって、殺されたと、考えざるを得ないのです」

「しかし、犯人の松本弘志は、刑務所内で、病死しているんだろう？」

「そこが、今回の事件の不可解なところなのです。黒柳恵美が殺されたのは、彼女が、去年の殺人事件について証言したこと。それ以外には、考えようがないのですが、部長のいわれたように、刑務所に入った犯人は、すでに死亡しています。われわれが、犯人の松本弘志について、徹底的に、調べ直してみたところ、二つのことが、わかってきました。ひとつは、松本弘志が、五億円という大金を、どこかに、隠したままで、死亡したということです。所轄の税務署が、消費者金融業を営んでいた社長の松本弘志が、五億円の所得隠しをしていたと見ています。第二は、この写真の女性、いえ、本当は男性ですが、この佐久間有也、三十五歳の存在が、浮かび上がってきたことです。現在、大磯のマンションに住んでいますが、二十代で、西洋占星術に凝り、一時、それを仕事にしていました。死んだ松本弘志は、なぜか、この佐久間有也を信用していたようなのです。ただ、現在は、佐久間有也は、大磯のマンションに、閉じ籠ったままで、西洋占星術の仕事は、やっておりません」

「その佐久間有也という男が、死んだ松本弘志の恨みを、引き継いで、証人を、次々と、殺しているということかね？」

三上刑事部長が、きく。

「それが、よくわからないのです」

「どうしてだ？」

「すでに、三人の証人が、死んでいますが、この三人の周辺で、この佐久間有也、黒ずくめで、黒いつばの、大きな帽子をかぶり、西洋占星術を使う男を目撃した人間が、今のところ、皆無なのです」

「しかし、問題の五億円を、その佐久間有也が、持っていると、君は、見ているんじゃないのか？」

「ええ、その可能性が大きいと、私は思っています」

「それなら、五億円を使って、殺し屋を雇い、証人を、次々に殺していくことは、可能なんじゃないのかね？」

と、三上が、いった。

「確かに、大金を使って、殺し屋を雇うことはできますが、しかし」

「しかし、なんだね？」

「すでに、三人の人間が、殺されています。こうも簡単に、三人もの人間が、次々に、殺されている。そんなに、簡単に、人が、殺せるものでしょうか？　金で雇われた殺し屋は、それほど熱心に、頼まれた殺しを、やり遂げるものでしょうか？　そこに、違和感を感じてしまうんですよ」

と、十津川が、いった。

「君は、三人とも、殺されたと思っているんだろう？」

「そうです」

「それに、佐久間有也という男は、五億円もの大金を持っていると、君は見ている」

「その通りです」

「それだけの金があれば、優秀な殺し屋を、一人でも、二人でも、雇えるんじゃないのかね？　一人で、三人もの人間を、殺したと考えると、大変なことだが、三人の殺し屋を雇って、一人が一人を、殺したと考えれば、簡単なことじゃないのかね？」

三上が、いった。

「確かに、それは、そうなんですが」

十津川は、また、語尾を濁して、考え込んでしまった。

確かに、五億円もの大金を持っていれば、殺し屋を、二人でも三人でも、雇うことができるだろう。

しかし、金で雇った殺し屋を、信用できるのだろうか？　金だけ受け取って、殺しを、実行しないかもしれないのだ。

それなのに、三つの殺しは、いとも簡単に、しかも、犯人の影を残さないように、巧みに、殺している。そこが、十津川には、不可解なのである。

「カメさん、大磯に、行ってみよう」

と、捜査会議の後で、十津川が、いった。

「では、いよいよ、佐久間有也という妙な人間と、会うわけですね？」

亀井が、大きな声で、いった。

7

東名高速から、小田原厚木道路に入り、大磯で降りる。確かに、プリンスホテル別館の近くに、真新しいマンションがあった。

その八〇五号室の住人が、佐久間であることを確認してから、十津川と亀井は、エレベーターで、八階まで、上がっていった。

アポは取っていなかった。アポを取ると、逆に、面会を、拒否される恐れがあると、思ったからだった。突然行けば、向こうも、会わざるを得ないだろう。

八〇五号室の、インターフォンを鳴らす。

「どなた？」

と、中から、反応があった。

「警視庁捜査一課の、十津川といいます。佐久間有也さんですね？　あなたに、お聞きしたいことが、ありましてね」

十津川が、いうと、ドアが、開いた。

顔を出したのは、写真どおりの、佐久間有也だった。

黒ずくめの服の上に、乗っている顔は、どう見ても、女性の顔だった。

佐久間有也は、別に狼狽《ろうばい》の色も見せず、二人の刑事を、部屋に招じ入れた。

八階の部屋から見ると、窓の外に、遠く、相模湾《さがみ》が見える。

「佐久間さんは、予知能力があると聞いていますから、われわれが、訪ねてくることも、わかっていらっしゃったんじゃないですか？」

亀井は、意地悪く、いった。

それでも、相手は、ニッコリして、

「自分に、興味のないことには、予知能力は働きませんの」

「単刀直入に、お聞きしますが、松本弘志のことは、ご存じですね？　刑務所内で、病死した男ですよ」

十津川が、ズバリときくと、佐久間有也は、

「いいえ、私の知り合いの中には、松本弘志さんというお名前の方は、いませんけど」

と、いう。

「しかし、あなたが、松本弘志と、一緒にいるところを、見たという人が、何人かいるんですよ。松本弘志が住んでいたのは、明大前近くの、マンションですが、そこの

管理人が、証言して、あなたが、真っ赤なフェラーリを運転し、松本弘志を、自宅マンションまで、送ってきたのを目撃したと、いっているんです」

佐久間は、小さく微笑して、

「それじゃあ、私のお客さんの一人かしら？」

「お客ですか？」

「ええ、私は、何年間か、西洋の占星術を研究して、それで一時、食べていたことがあるんです。よく当たるといわれて、お顧客《とくい》さんも増えたんですよ。そのお客さんの中に、松本弘志という人がいたのかもしれませんね」

「個人的には、知り合いではないというわけですか？」

「ええ、その通りです。その松本弘志さんという人が、いったい、何をしている人なのかも、わかりませんもの」

「松本弘志は、殺人罪で、刑務所に入っていましたが、刑務所内で病気になり、亡くなっています」

「変ですわね」

と、佐久間が、いう。

「何がですか？」

「もう亡くなった方なんでしょう？　死んだ人のことを、どうして、警察は、調べていらっしゃるんです？」

「二つの理由がありましてね。ひとつは、亡くなった松本弘志が、違法な手段で儲けた五億円の現金を隠している疑いが、ありましてね。なんとかして、五億円を見つけ出したいんですよ。第二は、松本弘志は、殺人罪で起訴され、有罪になって、刑務所に入っていたんですが、五人の男女が、彼が犯人であると、証言したんです。その五人の証人のうち三人が、次々に不可解な死を遂げているんです。この連続死を、なんとか解明したい。そう思っているんです」

「それで、私に、会いにいらっしゃったみたいですけど、私は、その松本弘志さんという人とは、まったく、関係がありません」

「それでは、別のことを、おききしますが、佐久間さんは、もともと強い霊感があって、その上、西洋の占星術を勉強してこられて、他人の未来を予言される。それがまた、よく当たると聞いたのですが、その通りでしょうか？」

「ええ、多くの方から、そう、いわれておりますわ」

「じゃあ、この場で、何か、予言していただけませんか？」

十津川が、挑戦するような口調で、いうと、佐久間は、

「私のほうから申し上げましょう。十津川警部さんには、奥さんがいらっしゃいますよね？」

「ええ、おりますよ」

「お名前は、直子《なおこ》さん？」

「ええ、その通りですが、それが、どうかしましたか？」

「まもなく、十津川警部の奥様、直子さんは、自殺なさいます」

「家内には、自殺するような、心配事や隠し事は、ないはずですがね」

「それでも、あなたの奥様は、三日以内に自殺なさいますよ」

「それを、防ぐ方法はないんですか？」

「残念ながらありません。あなたの奥さんは、そういう、運命にあるんです。一両日中に自殺するという運命です。その運命は、誰にも、変えられませんわ」

「ひとつだけ、教えてください。私の家内は、どんな方法で、自殺することになっているんですか？」

「そこまでは、詳しく申し上げられません。ただ、十津川警部の奥様は、病死でも、事故死でもなく、間違いなく、今から、三日以内に自殺なさいます。それを、止めることは、誰にも不可能です」

8

パトカーに戻ると、亀井が、腹立たしげに、

「あの佐久間有也ですが、いいたいことを、いっていましたね」

「しかし、相当、自信ありげに、予言していたよ」

「これから、どうされますか？」

亀井が、運転席で、ハンドルに手をおいて、十津川に、きいた。

「なんでも、世界予知能力研究会という団体があるらしい。場所は、御茶ノ水の、明治大学の近くの、NIビルというビルの中だそうだ。そこに行ってみたい」

と、十津川が、いった。

「御茶ノ水ですね」

と、いって、亀井は、アクセルを踏んだ。

再び、小田原厚木道路に入り、そこから、東名高速に入る。

約百キロのスピードで、走りながら、

「その世界予知能力研究会の、誰にお会いになるつもりですか？」

と、亀井が、聞いた。

「その研究会の中で、中心的な人物になっているのは、外山周斉《とやましゆうさい》という、六十歳の男だと聞いている。彼に会って、話を聞いてみたいんだよ」

「ひょっとして、この外山周斉という人は、さっき会った、佐久間有也が、西洋占星術を習った先生なんじゃありませんか？」

「ご名答だ。この人に会って、佐久間有也について、きいてみたいんだよ」

御茶ノ水のＮＩビルに着く。

その中に、間違いなく、世界予知能力研究会という看板の掛かっている階があった。雑居ビルの三階と四階を占めている。

十津川は、その研究会の受付で、警察手帳を見せ、

「外山周斉さんが、いらっしゃったら、お会いしたい」

と、告げた。

二人は奥に通され、その会長室で、外山周斉に会うことができた。

挨拶が済むと、十津川は、早速、

「今、大磯で、佐久間有也さんに会ってきました。本物の女性のような美しさを持った人ですね。この佐久間さんは、外山先生から、西洋占星術を習ったといっているの

ですが、覚えていらっしゃいますか?」

と、切り出した。

「ええ、もちろん、覚えていますよ。優秀な弟子の一人でしたからね。彼は、西洋の占星術を勉強するのに、たいへん熱心でしてね。それに、彼は、十代の頃から、折にふれて、さまざまな予言をしてきたといっています。本物の証拠だと思いますね」

と、外山周斉は、いった。

「佐久間さんは、私に向かって、あなたの奥さんの未来を占うことができる。そういって、これから三日間の、家内の運勢を、占ってくれました」

「十津川さんに、笑顔がないところを見ると、佐久間君の予言は、何か、暗いものだったんじゃありませんか?」

「わかりますか?」

「佐久間有也のことは、三年間面倒を見て、その間、いろいろと、私の、西洋占星術の知識を教え込みましたから、性格も、わかっています」

「佐久間さんには、本当に、予知能力があるのでしょうか? 先生からご覧になって、佐久間有也の予言は、はたして、当たるものでしょうか?」

「私は、今までに、予言者を自称する人間に、何人も会いました。尊敬できる本物の予言者もいれば、どうしようもないペテン師もいましたよ。そんな私の目から見て、佐久間君は、間違いなく本物です」

「本物と断定したということは、何か、理由があったんだと思いますが、佐久間さんの予言が的中したんでしょうか。しかし、今年中に、日本のどこかで大地震があるみたいな予言は、困りますよ。地震国日本では、年中、どこかで、地震が起きてますから」

十津川が、きくと、外山は、微笑して、

「私は、そんなあいまいなことで、本物、偽者と断定はしませんよ。私は、厳密な試験をして、決めていましたよ」

「佐久間さんにも、その試験をしたわけですか？」

「もちろんです」

「いったい、どんな試験ですか？」

「戦国時代の中国で、易学が流行しました。小は個人の運勢から、一国の命運を占う大家まで現れたのです。中には、自分の易学の力を売り込もうと、諸国を渡り歩く人間もいたんですよ。明日もわからない戦国時代で、突然、国王が倒される時代だから、諸国の王も、本物の易学の大家を雇い入れようとしたが、本物かどうかの判断が難しい。そこで、ある国で、試験をやって判断したんですが、その試験のことは、歴史に残っています」

「どんな試験ですか？」

「三つの箱を用意し、その中に、異なったものを入れ、箱に触れずに、当てさせるのです」

「佐久間有也にも、同じ試験を、課したんですか？」

「そうです。三つの箱を用意し、それぞれ、イヤリング、シャープペンシル、セミの抜け殻を入れ、箱に触れずに、中身を当てさせました」

「結果は、どうでした？」

「全部、当てましたよ。だから、佐久間有也は、本物です」

第四章　プラス二人

1

　十津川は、自分に、電話をしてきた男が、佐藤聡と名乗っても、とっさに、誰だか、思い浮かべることが、できなかった。

「佐藤兄弟の弟のほうです」

　相手がいってくれて、十津川は、やっと、その顔を、思い出した。

　例の殺人事件の目撃者は、九人いた。そのうちの五人が、証言してくれたのだ。残りの四人も、目撃はしていたのだが、証言はしてくれなかった。

　佐藤聡が、証人にならなかった四人の目撃者のうちの、一人であることを思い出したのである。

その四人の目撃者は、大学生の佐藤兄弟、失業中の元サラリーマン、小島伸一、パチンコ好きの主婦、柴田晃子。この四人である。

その学生の兄弟が、佐藤賢と、電話をしてきた佐藤聡だった。

その佐藤聡が、ぜひ、お会いして、相談したいことがあるというので、十津川は、亀井と二人、丸ビルの五階にある、ティールームで、佐藤に会った。

ガラスの窓の向こうに、東京駅が見える、ティールームである。佐藤聡のほうが、先に来て、十津川を、待っていた。

コーヒーとケーキを頼み、

「何か、私に、頼みごとがあるということでしたが、どういうことですか？」

と、十津川が、きくと、佐藤聡は、

「兄の賢を、探してほしいんです」

と、いった。

「しかし、私は、捜査一課の刑事でしてね。人探しは、私の仕事ではないんですよ」

「もちろん、それは、わかっていますが、兄を探していただくのは、そちらに、お願いするのが、いちばんいいと思ったものですから」

と、聡が、いう。

「それは、どういうことですか？」

「私と兄は、去年の三月五日、中野の喫茶店で殺人を目撃しました」

「そうです。しかし、あなたも、あなたのお兄さんも、証人になることを、拒否された。したがって、警察とは、関係のない人間ということに、なっているんですよ」

「ええ、よくわかっていますが、三日前に、突然、僕に、電話がありましてね。男の声で、こういうんです。あなたは、お兄さんと一緒に、去年の三月五日に、殺人を目撃した。そのことで、金儲けができるんだが、やってみませんか？　いきなり、そう、いわれたんですよ。僕は一瞬、興味をそそられましたが、すぐ、怖くなりましてね。だって、そうでしょう？　僕と同じように、あの殺人事件の目撃者で、証言をした人が、何人か続けて、死んでいるんでしょう？　だから、黙って、電話を切ってしまったんです。その後で、兄に電話をしてみました。今は、別々に暮らしているんです。ひょっとすると、同じような電話が、兄のところにも、かかっているかもしれない。そう思ったからです。そうしたら、兄が、こういいました。俺のところにも、同じような電話があった。金が欲しいから、俺は引き受けるつもりだ。それで大金が、手に入ったら、お前にも、奢《おご》ってやる。兄は、そういったんです。どうにも、兄のことが、心配になって、昨日、兄に電話したら、兄が、電話に出ないんですよ。兄のマンションにも行ってみましたが、留守で、管理人に、今朝から、佐藤さんは出かけているると、いわれました。今日になっても、兄との連絡がつかないので、心配になって、十津川さんに、電話をしたのです。兄を、探してくれませんか？」

と、聡が、いった。

「今の話、本当ですか？」

亀井が、きく。

「もちろん、ウソなんて、ついていません。本当です」

聡が、いくらか、強張《こわば》った顔で、いった。

「確認しますが、男の声で、電話があって、あなたは、去年の三月五日に、中野で殺人を目撃した。そういったんですね？」

十津川が、あらためて、きいた。

「ええ、そうです」

「そのことを、使って、金儲けをしませんかと、相手は、いったんですね？」

「妙なことをきくなと、思ったんです。僕は、怖くなってしまって、電話を切ってしまったんです」

「ところが、お兄さんは、その男の誘いに、乗ったんですね？」

「兄は、そういっていました」

「にわかには、信じがたい話ですね」

十津川は、正直に、いった。

「僕だって、そう、思いますよ。でも、電話があったのは、事実だし、兄が、誘いに乗ったのも、間違いないんです」

と、聡は、繰り返した。

「ちょっと、待ってください」

十津川は、ポケットから、手帳を取り出した。

その手帳には、去年、三月五日に起きた、白昼の殺人事件の捜査を担当した時のことが、メモしてある。

目撃証人が、九人もいる事件だった。その九人の名前が、手帳には、書き込んであった。証言をしてくれた五人と、証言を拒否した四人の名前である。

拒否者の四人は、今、十津川の目の前にいる佐藤聡、十九歳、同じ大学生で兄、佐藤賢、二十一歳。三人目の小島伸一は、四十歳、失業中。そして、柴田晃子、三十五歳、主婦となっている。

そのメモには、それぞれの携帯の電話番号、あるいは、自宅の電話番号も、すべて書き込んである。

十津川は、店の外に出て、まず、柴田晃子に、電話をしてみた。

「柴田です」

という、女の声の返事があった。

十津川は、自分の名前を、いってから、

「去年の三月五日に、中野で起きた殺人事件を目撃した、柴田晃子さんですね？」

と、確認する。

「はい、そうです」

「最近、男の声で、あなたに、電話がありませんでしたか？　殺人事件を目撃したことを利用して、お金を儲けませんかという、妙な誘いの電話なんですが」

十津川が、きいた。

「そんな電話が、確かにありましたよ。私は気味が悪かったので、そのまま、電話を、切ってしまいましたけど」

と、晃子は、いった。

次に、十津川は、小島伸一に、電話をしてみた。

「小島で、ございますが」

と、中年の女の声が、いう。

「失礼ですが、小島伸一さんの、奥さんですか？」

「はい、そうです」

「ご主人の小島伸一さんは、いらっしゃいませんか？」

「それが、昨日から、家に帰っていないのです」

「どこに、行かれたのか、わかりませんか？」

「主人は今、失業中なもので、昨日の朝、今日は、就職のあてが、あるから、出かけてくる。うまくいけば、金が手に入る。そういって、十時頃、出かけていったんですが、まだ、帰ってこないんです」

「ご主人は、携帯を、持っていますか？」

「ええ、持って出かけたはずなんですけど、いくらかけても、主人は、電話に出てくれません」

「ご主人が、出かける前に、外から、男の声で、電話が、かかってきませんでしたか？」

「そういえば、おとといの夜、主人に、電話がありました。でも、どんな電話だったのか、主人は、私に、話してくれないんですよ。私には、心配をかけたくないと思ったんでしょう。たぶん、その電話が、失業中の主人を、雇うとか、力になるとか、ひょっとすると、お金が、儲かるとか、そんな電話じゃなかったのかと思っているんです。それに、誘われて、昨日、主人は、出かけていったように思うのですが、今日になっても、帰ってこないし、連絡も取れないのです。どうしたんでしょうか？」

「わかりました。こちらで、調べてみましょう。何か、わかったら、すぐに、お知らせしますよ」

十津川は、約束して、電話を切った。

2

十津川は、席に戻ると、佐藤聡に、向かって、

「あなたのお兄さんを、探すこと、確かに、引き受けました。お兄さんの、最近の写真がありませんか？　あったら、見せてください」

十津川が、頼むと、聡は、ポケットから、一枚の写真を、取り出して、十津川に渡した。

兄弟二人で、並んで写っている写真である。

「お兄さんには、何か特徴のようなものはありますか？」

「僕と同じで、身長百八十センチ、体重は、僕よりあって、七十五キロぐらいですね」

「ガッチリした、体格ですね。何か、特技を、持っているんですか？」

「空手を、やっていました。高校時代には、国体にも、出たことがあって、今は、確か、二段だと思います」

と、聡が、いった。

十津川が、佐藤賢の特徴などを、写真の裏に、書き込んでいると、聡は、

「兄のほかにも、去年、三月五日の殺人の目撃者で、いなくなった人が、いるんですか？」

「ええ、もう一人、行方不明の人がいます。あなたと、同じように、去年、三月五日の殺人事件を、目撃した人の中で、証人にならなかった人が、四人います。その四人全員に、どうやら、同じような電話が、かかってきたらしいのです。その中で、あなたの、お兄さん、佐藤賢さんと、もう一人、小島伸一さんという、四十歳の人が、その誘いに乗ったようです。そして、行方不明になっています。これは、あなたの、お兄さんと同じです」

「僕の兄も、その小島さんという人も、危ないんでしょうか？」

「それは、わかりません」

「でも、おかしいですね。去年、三月五日の殺人事件ですが、犯人は、すでに、死んでいるんでしょう？」

「そうです。犯人の松本弘志は、刑務所の中で、死亡しています」

「それなのに、どうして、電話をしてきた男は、それを、ネタにして、金儲けしませんかと、僕なんかを、誘ったんでしょうか？」

「その点については、われわれも、現在、捜査中なんですよ。今回の事件については、わからないことが、多すぎます。それで、弱っています」

十津川は、正直に、いった。

「もう一度、お聞きしますが、電話をしてきた男は、どんな感じでしたか？」

十津川は、あらためて、佐藤聡に、きいた。

「どういう感じって、普通の声でしたけど」

「男の声だったんですね？」

「ええ」

と、いってから、聡は、急に、不安げな顔になった。

それを見て、十津川は、

「今考えると、女の声だったかもしれない。そう、思っているみたいですね」

「いや、あれは、間違いなく、男の声だったと、思うんですけど、ただ、男にしては、少しばかり、柔らかすぎる声だったような、気がします」

「こういうことですか。男の声だったけれども、どこか、ちょっとちがう。たとえば、ニューハーフのような声だったとか」

十津川が、いうと、聡は、当惑した顔になって、

「それとは、ちょっと、違うんですよ。そうだ、歌舞伎で、男の役者が、女装して、少し妙なイントネーションで喋るでしょう？　あんな感じの声だったような気がするんです」

と、いった。

「だいたい、わかりました」

「刑事さんは、何か、心当たりがあるのですか？」

「歌舞伎の女形ということで、具体的に、わかってきました」

と、十津川は、いった。

十津川は、佐藤聡と、別れると、次に、柴田晃子に会いに行った。

パチンコ好きの、三十六歳のこの主婦にも、佐藤兄弟と、同じように、男から、電話があったからである。

十津川は、柴田晃子に会うと、電話をしてきた男のことをきいた。

「相手の声なんですが、どんな感じでしたか？」

「若い男性だと、思ったんですけど」

「若い男というのは、何歳ぐらいだと、思いましたか？」

「二十代の後半だと思ったんですけど、ひどく落ち着いた声だったから、三十代かもしれません」

晃子が、いう。

「電話がかかってきて、あなたが、電話に出た。相手は、どういったのですか？」

「柴田晃子さんですかと、聞きました」

「それから？」

「はいといったら、去年、三月五日に中野で起きた殺人事件の、目撃者の柴田晃子さんですねと、聞かれました」

「なるほど、相手は、確認しているんですね」

「くどいなと、思いながら、そうですけど、それが、どうかしたんですかと、ききました」

「それで、相手は？」

「最近、パチンコの調子は、どうですか？　儲かりますか？　と、いきなり聞かれたんで、何だろう、この人はって、腹が立ったんです」

「なるほど、あなたが、パチンコ好きなことを、相手は、知っていたんですね」

「ええ、そうです。私が黙っていると、例の殺人事件の目撃者だから、お金儲けができる。やってみませんかと、聞かれました」

「なるほどね。それで、男の誘いに、乗ってみようとは、思いませんでしたか？」

「一瞬、相手のいうことを、聞こうかと思いました。だって、お金が、儲かるという話でしたから。でも、その一方で、怖かったんです。殺人事件を、目撃していますから、それで金儲けできるなんて話、信じられます？　だから、私は、そんな話には、興味ありませんといって、電話を、切ってしまいました」

「その後、同じ男から、電話がかかってきたことは、ありませんか？」

「ええ、ありませんでした」

柴田晃子は、ちょっとだけ、残念そうな顔になっていた。

「男の声ですが、少し、芝居がかってはいませんでしたか？」

亀井が、横からきいた。

「芝居がかってというと？」

鸚鵡《おうむ》返しに、晃子は、いってから、

「そういえば、少しばかり、普通の声ではなかったみたい。刑事さんのいうように、芝居がかった声だったかもしれません」

「歌舞伎の女形のセリフのような、ですか？」

「そうですよ。そんな声でした」

と、いった。

その時、十津川の脳裏に、浮かんでいたのは、佐久間有也、三十五歳の顔だった。あの佐黒ずくめの、一見、女性と思えるような格好をした、西洋占星術師である。あの佐久間有也が、佐藤兄弟や柴田晃子、そして、小島伸一に、電話をしてきたのではないだろうか？

十津川は、捜査本部に戻ると、

「電話の主は、おそらく、この、佐久間有也だと思うのですが、何のために、そんな、妙な電話を四人に、かけたのかが、わかりません」

と、三上刑事部長に、いった。

三上は、黒板に書かれた、佐藤賢、佐藤聡、柴田晃子、小島伸一の、四人の名前に目をやった。

「その四人は、殺人事件の目撃者のわけだろう？　佐久間有也は、その四人全員を、殺すつもりなんじゃないだろうかね？」

「確かに、それも考えられますが、しかし、四人を殺す理由が、わかりません」

と、十津川が、いった。

「どうしてかね？　四人は、去年、三月五日の殺人事件の目撃者なんだろう？　もし、佐久間有也という男がだね、死んだ松本弘志の親友というか、恋人というか、そんな存在なら、松本弘志の殺人を目撃した人間を、全部、消してしまおうと、考えているかもしれないじゃないか？」

「しかし、この四人は、松本弘志の犯行を目撃したが、証言はしていないのです。むしろ、証言を、拒否しているのですから、この四人は、松本弘志の敵では、ありません。そうなると、四人を殺す動機がなくなるんです。それに、もし、この四人の男女を殺すつもりなら、何も、わざわざ電話で断わらなくても、黙って、殺してしまえば、その方が、簡単ですから」

「いや、ただたんに殺してしまうのでは、本当の復讐にならない。それで、わざわざ、電話をかけて、去年、三月五日の殺人事件の目撃者であることを、思い出させておいてから、殺しているのじゃないのかね？」

「まだ、彼らの死体は見つかっていません。それに、電話の男は、妙なことをいって、四人を、誘っているのです。今、黒板に書きましたように、去年、三月五日の殺人事件の目撃者であるかどうかを、確認した後、目撃したことを利用して、儲けませんかと誘っているんです。佐藤賢、二十二歳、大学生と、小島伸一、四十一歳、失業中の元サラリーマンの二人が、誘いに乗ったんですが、その後、行方不明に、なっています。誘いを断わった、佐藤聡と、柴田晃子の二人は、べつに、殺されることもなく、無事に生活しています」

「電話の男は、その通りの言葉で、四人を誘ったのかね？」

「そうです。佐藤聡と、柴田晃子の二人から聞いて、確認しました。男は間違いなく、去年、三月五日の殺人事件を目撃した四人に対して、それで、金儲けができるといったそうです」

「しかし、殺人の目撃が、どうして、金になるのかね？」

「私にも、わかりません。しかし、そういって、誘われたと、佐藤聡と柴田晃子が、いっているのです。二人が、そろってウソをついているとは、思えません」

「いくら考えても、殺人を目撃しただけで、金になるとは思えないがね」

「佐藤賢は、二十二歳の大学生ですが、アルバイトだけでは、かなり苦しいということですから、金が欲しくて、相手の誘いに、乗ったと思われます。小島伸一の場合は、四十一歳で、失業中ですから、なんとかして、仕事が欲しかったし、金も、欲しかった。それで、男の誘いに、乗ったと思われます」

「断わった人間もいるわけだろう？」

「ええ、そうです。佐藤賢の弟、聡は、なんとなく、気味が悪くて、断わったといっています。柴田晃子は、お金は欲しかったけれども、怖いので断わったといっています。断わった佐藤聡と柴田晃子の二人も、一瞬、あの目撃が、金になるならと思って、承知しそうになったといっていますから、かなりの誘惑だったことは、間違いないと、思います。自分は、普通の人間には、できない経験をしたという、意識があったと思うんですよ。それが、金になるというと、ああいう特別な経験だから、ひょっとすると、金になるのかもしれない。そういう意識が働いたのではないかと思います。確かに、刑事部長のいわれるように、冷静に考えれば、おかしいのですが、金が欲しかった二人には、おかしいとは、思えなかったのではないかと、私は思います」

「電話をしてきた男は、佐久間有也に、間違いないのか？」

三上が、きいた。

「ほかに、考えられませんから、十中八、九、佐久間有也に間違いないと、私は思っています。佐藤聡と、柴田晃子の証言からも、佐久間有也と、確信できると思います」

「どんなふうに、確信できるのかね？」

三上が、粘っこく、きいてくる。

「二人とも、電話の声は、男の声だったが、どこか、女の声のようにも聞こえた。歌舞伎の女形のような声だったとも、いっているのです。私も、佐久間有也に会って、そんな感じを受けましたから」

「もうひとつ、君に聞きたい。電話の男は、殺人の目撃が金になる。そういって、四人を誘った。金になるというのは、本当だと思うかね？　それとも、完全なウソだと思うかね？」

「半分は、本当のことではないかと、思っています」

十津川が、いうと、三上は、首をかしげて、

「どうして、そう思うのかね？　殺人を目撃したことが金になるケースは、犯人をゆする場合だけだが、今回は、犯人は、死んでいるんだ」

「その通りですが、誘いに乗った佐藤賢と小島伸一には、男は、どうして、殺人の目撃が金になるのかを、説明したと思うのですよ。男の説明は、かなりの、説得力があったのではないでしょうか？　だからこそ、佐藤賢も小島伸一も、男の言葉を、信じて出かけていった。私は、そう考えますが」

「男の誘いに乗った二人は、外出したのかね？」

「佐藤賢のほうですが、彼が住んでいるマンションの管理人は、昨日の、午前十時頃、佐藤賢が、出かけていったと証言しています。小島伸一の奥さんも、同じように、昨日の、午前十時頃、就職のあてが、できた。うまくいけば、金が手に入る。そういい残して、どこかに、出かけていったと、証言しているのです。たぶん、電話をかけてきた男に、どこか、場所を指定されて、そこに、行ったのだと思います」

「誘い出されて、殺されたということが、考えられるわけだね？」

「もちろん、そういう、ケースも考えられますが、まだ、佐藤賢も、小島伸一も、死体で発見されてはいません」

3

黒板には、右側に、殺人を目撃し、それを証言した五人の名前が書かれ、左側には、殺人を目撃したにもかかわらず、証言しなかった四人の名前が書いてある。

「今、君は、左側に書かれた四人の男女について、説明した。しかし、今回、連続殺人事件が、始まったのは、右側に、書かれた五人の男女のほうだ。すでに、五人のうちの三人までが、亡くなっている。そのことと、左側に書かれた四人とが、どういうふうに、関係してくるのかね？　私は、それが、聞きたい」

三上が、十津川に、向かって、いった。

「正直にいって、刑事部長のいわれた疑問は、今のところ、解けていないのです。最初は、裁判で証言した五人の男女が、復讐のために、一人ずつ、殺されているのではないかと、思いました。普通、そう考えるでしょう。しかし、この五人の証言によって、刑務所に入れられた、肝心の犯人、松本弘志は、獄中で、亡くなっていますから、復讐という考えは、成立しなくなっていますが、それにもかかわらず、殺人は、続きました。右側の、五人のうちの大石あずさ、宮田直人の二人は、殺人と事故死、自殺に、見解が分かれています。しかし、三人目の、黒柳恵美は、間違いなく、何者かによって、殺害されたのです。この三人の死に、同一犯が考えられるのなら、大石あずさと宮田直人も、事故死、あるいは自殺ではなくて、殺されたことになります。連続殺人です。あとの二人、小川長久と、内海将司も、狙われる可能性が出てきますが、この二人が、殺される前に、左側の四人に、誘いの手が伸びてきて、四人のうちの二人が、姿を消してしまいました」

「正体不明の男が、電話で、左側の四人、目撃はしたが、証言はしなかった四人を、金儲けに誘った。そして、二人が、行方不明になっている。君は、その二人も、右側の犯人と、同じ犯人によって、殺されると、思っているのかね？」

「その恐れが、十分にあると思っています」

「しかしだね、今まで、犯人は、右側の五人を、次々に殺そうとした。三人を殺したが、まだ、二人残っている。小川長久と、内海将司の二人だ。その二人が、残っているのに、犯人は、どうして、左側の四人、証言しなかった四人を、殺そうとしているのだろうか？」

「そこが、私にも、よくわからないのです。犯人の気まぐれなのか、それとも、まったく別の犯人の企《たくら》みなのか、そこが、どうにも、はっきりしません」

「もうひとつ、ききたいのだが、左側の四人は、男が、電話をしてきて、殺人を、目撃したことが金になるといって誘われたと、君はいったね？」

「そうです。間違いなく、四人は、そういって、誘われたのです」

「右側の五人は、どうなんだろう？　同じように、犯人と思われる男から、同じような言葉で、誘われたのだろうか？」

「そのことも、私は、考えました。殺されてしまった、大石あずさ、宮田直人、そして、黒柳恵美の三人からは、もう、証言は得られませんが、念のために、小川長久と内海将司に、電話をしてみました。小川長久も内海将司も、そうした誘いの電話はなかったと、いっています」

「その証言だが、間違いないのか？」

三上が、きく。

「電話で、確認しただけですから、正確かどうかは、わかりませんが、二人とも、男からの誘いの電話を、否定しています。二人がウソをついている可能性は、ありますが」

と、十津川は、いった。

「小川長久と、内海将司の二人には、左側の四人が、男の電話で、誘われたことは、話したのかね？」

三上は、十津川に、きく。相変わらず、しつこい。

「もちろん、話しました。しかし、二人とも、否定しました」

「もう一度きくが、君は、どう思うんだ？　小川長久と内海将司の二人の証言は、信用できると、思っているのかね？　それとも、二人がウソをついていると、思っているのかね？」

「正直にいえば、半々です。ウソをついている可能性も、あると思っています」

「どうも、全体像が、はっきりしてこないね」

三上は、不満をいった。

その後で、

「君は、殺された三人について、同一犯の犯行だと、決めつけている」

「ほかに、考えようがありませんから」

「その犯人として、君は、佐久間有也を考えているのかね？　大磯に住んでいる、この妙な三十五歳の男が、三人の男女を殺したと、思っているのかね？　それは、確信かね？」

「確信とまでは、いきません。ただ、容疑者として、ほかに、誰も、浮かんでこないのです。しかし、黒柳恵美が、猪苗代湖で殺された事件については、佐久間有也には、アリバイがありました。このアリバイを崩さないと、佐久間有也を犯人だと、決めつけられません」

「そのアリバイは、完全なものかね？」

「複数の証人のいる、かなり、しっかりしたアリバイです」

「大石あずさと、宮田直人の場合は、どうなんだ？　この二人が殺されたとしてだが、佐久間有也には、アリバイはあるのかね？」

さらに、三上は、きいた。

「この二人については、佐久間有也のアリバイは、さほど、はっきりしてはいません。私は、この三人を殺したのは、同一犯だと、思っていますが、佐久間有也には、黒柳恵美の殺人については、かなり、はっきりとしたアリバイがありますから、そのアリバイを崩さないと、大石あずさと、宮田直人の殺人についても、犯人と、断定ができなくなってしまいます」

「これから、どう、捜査を続けていくつもりかね？」

「左側の四人ですが、佐藤聡と、柴田晃子の二人は、間違いなく、電話の男の声を、聞いています。ですから、佐久間有也の声を、なんとか録音し、それを二人に、明日、聞いてもらうことにしたいと、思っています。もし、佐藤聡と柴田晃子の二人が、佐久間有也の声を、聞いて、間違いなく、電話の声だったと証言してくれれば、今以上に、佐久間有也が、連続殺人の犯人だという自信が持てると思っています」

翌日、十津川と亀井は、ボイスレコーダーを持って、大磯に、向かった。大磯のマンションで、佐久間有也に会い、内緒で、彼の声を録音するつもりである。

マンションの八〇五号室。そこで、十津川と亀井の二人は、佐久間有也に、会った。

十津川は、内ポケットの、ボイスレコーダーのスイッチを入れてから、佐久間に向かって、

「あまり、お出かけにならないようですね？」

「外に出るのは、そんなに、好きじゃありませんから」

と、佐久間は、いう。

「しかし、退屈でしょう？　旅行に出かけるとか、映画を見るとか、そういうことは、なさらないのですか？」

と、十津川は、きいた。

「二十代の頃は、それも、楽しかったが、今、私は三十五歳ですよ。映画を見に行っ

たり、旅行に行ったり、散歩したり、そういうことが、面倒くさくなっているんです」

佐久間は、いう。

「しかし、まだ、三十五歳でしょう？」

「ええ、そうですけど」

「その若さで、旅行が、面倒くさいんですか？　たとえば、沖縄辺りに、旅行に行きたいという気持ちは、起きませんか？」

十津川は、沖縄で死んだ、大石あずさのことを考えながら、きいた。

「沖縄は、いいところでしょうが、日差しが、やたらに強くて、私は、日に焼けるのが、あまり好きじゃないので」

と、佐久間が、いう。

「沖縄には、行かれたことがありませんか？」

「ええ、生まれてから一度も、行っていません」

その言葉を信じれば、大石あずさを、事故死に見せかけて、殺したのは、目の前の佐久間有也ではないことになる。

しかし、十津川は、簡単には、そう断定しなかった。

「ここ二、三日は、外出されましたか？」

十津川が、わざと丁寧な口調で、きいてみた。

「べつに、これといった外出は、しませんでしたが、近くに、買い物くらいには、行きました」

「お友達に、電話をかけたりなどは、なさらないんですか？」

「あまりしません。親しくしている友達もいませんから」

会話が、やたらに、切れてしまう。こういう男なのか、それとも、わざとこんな話し方をしているのか。

「このマンションですが、ここは、賃貸でしょう？　部屋代は、一ヵ月どのくらいかかるんですか？　家内に、海の近くのマンションに、住みたいと、いわれましてね。この辺だと、どのくらいかかるのか、知っておきたいんですよ」

十津川が、いうと、佐久間が、笑った。十津川の言葉が、わざとらしく聞こえたからだろう。

「２ＬＤＫで、三十万近くでしょうかね」

「そんなに、高いんですか？」

「ええ。海もすぐ近くだし、交通の便もいいから、そのくらいは、普通じゃないかしら」

と、佐久間が、いった。

「失礼ですが、佐久間さんは、今、どんな仕事を、やっていらっしゃるんですか？　部屋代が、月三十万もかかるとすれば、それが、楽に払えるようなお仕事をしていらっしゃると、思いますが」

十津川の質問は、また、質問のための質問になってくる。

「先日、お会いした時も、お話ししましたが、西洋占星術をやっていまして、しばらく、それで、稼いでいました。元手が要りませんから、儲けようと思えば、いくらでも、儲けられるんですよ。今は、その、仕事は辞めてしまいましたが、それまでに、かなり、貯金もしていますから、生活に困ることは、ありません」

「それは、羨ましいですね。そんな生活を、ほかの人に、勧めたりは、されないんですか？」

「どういう意味でしょう？」

「知り合いに電話をして、私と一緒に、お金を稼ぎませんかとか、そんな誘いを、したことはありませんか？」

「私が？」

「ええ、そうです。私の知り合いに、四人の男女が、いるんですが、先日、突然、電話がかかってきて、金儲けの話を、勧められたそうです」

「それが、私と、関係が、あるんでしょうか？」

佐久間が、きく。

「今もいったように、私の知っている四人の人間が、電話で、金儲けをやらないかと、誘われたんですよ。どうも、その電話をしてきた、男の声ですが、あなたに、似ているようで、そういう誘いの電話を、最近、かけたことは、ありませんか？」

「誰にですか？」

佐久間が、きく。

「佐藤賢、佐藤聡、兄弟の大学生です。小島伸一、四十一歳、失業中の元サラリーマン。柴田晃子、三十六歳、主婦、パチンコ好き」

十津川は、わざと、機械的に、四人の名前を並べていった。

その間、じっと、佐久間の顔を、見ていた。

（もし、佐藤賢たち四人に、三日前、電話をしてきたのが、この佐久間有也なら、少しは、表情に、変化が表われるのではないか？）

そう思って見ていたのだが、これといった変化は、相手の顔には、表われなかった。

「佐藤賢、佐藤聡」

佐久間は、鸚鵡返しに、四人の名前を、つぶやいた後、

「今、刑事さんが、いわれた四人ですが、去年三月五日に起きた殺人事件の、目撃者じゃありませんか？」

「ええ、そうです。よく、わかりましたね。目撃者は、九人いて、そのうちの五人が、法廷で証言しましたが、今、いった四人は、証言を拒否した人たちです」

「誰が、その四人に、電話をしてきたのでしょう？」

「私は、佐久間さん、あなただと、思っていたのですが、違いますか？」

十津川が、きくと、佐久間は、眉を寄せて、

「どうして、私だと、思うんですか？　私は、佐藤兄弟とか、小島伸一とか、柴田晃子とか、今まで、一度も会ったことがありませんよ。天地神明に誓って、知らない人間だと、いえます」

と、佐久間は、いう。

十津川は、別れしなに、

「先日、お会いした時、近く、私の妻が、自殺するとおっしゃっていましたが、妻

は、今も、元気でいますよ。あの予言は、どうしたんでしょう？」

と、幾分の皮肉を込めて、きいた。

佐久間は、なぜか、微笑して、

「私は、三日以内と、申し上げたつもりですが」

「確かに、あなたは、三日以内と、いわれましたが」

「それなら、今日が、その三日の、最後の日ですから、用心したほうがよろしい。用心なさいませ」

と、急に、女言葉で、十津川に向かって、いった。

十津川と亀井は、パトカーに戻った。

「奥さんに、電話したほうが、いいんじゃありませんか？」

と、亀井が、いった。

十津川は、笑って、

「カメさんは、あの佐久間の予言を信じているのか？」

「もちろん、信じてはいませんが、ちょっと気になりますのでね。確認したほうが、いいんじゃないかと、思ったんですが」

「まあ、カメさんのいうようにするよ」

十津川は、笑いながら、携帯を取り出し、妻の直子に、電話をかけてみた。

家の電話にかけたが、誰も出ない。

次に、直子の携帯にかけた。だが、こちらも、返事がない。

急に、十津川は、不安になってきた。

もう一度、家の電話にかける。何回か、鳴っているうちに、急に、相手が出た。

しかし、妻の直子の声ではなかった。

男の声が、

「こちらは、十津川ですが」

と、いう。

「あなた、誰ですか？　私は、十津川省三《しょうぞう》だが」

と、いうと、相手は、ビックリしたのか、

「失礼しました。私は、この近くの救急隊員ですが」

と、いう。

「家内に、何かあったんですか？」

十津川の声が、自然に、大きくなる。

「奥さんは今、救急車で、近くの病院へ運ばれました」

と、相手が、いう。

「家内に、何が、あったんですか？」

「急に苦しまれて、救急車を呼ばれたので、近くの病院に、運びました。今のところ、わかっているのは、それだけです」

と、いう。

十津川は、亀井に目を向けて、

「家内に、何か、あったらしい。救急車で、病院に運ばれた」

「それなら、すぐ、病院に、行ってください。後のことは、私がやりますから」

と、亀井が、いう。

「そうだな。佐久間有也の声を、佐藤聡と柴田晃子に聞かせて、確認してもらいたい。私は、家に帰ってみる」

その場から、十津川は、自宅近くの病院に、急いだ。その病院は、夫婦で、毎年一度、定期検診を受けている病院である。医者も知り合いだった。

十津川は、病院に、駆け込むと、その医者が、

「大丈夫ですよ」

と、十津川に向かって、いった。

「何が、あったんですか？」

「突然、救急車を、呼ばれましてね。それで、ここに、運ばれてきたんですが、どうやら、毒を飲んだらしいんです」

と、その医者が、いった。

「なぜ、家内が毒を？」

「それは、まだ、聞いていません。とにかく、運ばれてきた時は、完全に、中毒症状でしてね。慌てて、胃の中の物を、全部吐き出させて洗浄し、後は、点滴を続けて、やっと今、中毒症状を、脱しました」

「何の中毒症状だったのですか？」

「あれは、ヒ素中毒の症状ですね。ヒ素だから、よかったのかもしれません。もし青酸だったら、おそらく、助かっていなかったでしょう」

脅すように、医者が、いった。

「家内に会えますか？」

「いや、今は、まだ無理です。眠っておられますから、あと二、三十分は、我慢してください」

と、医者が、いった。

十津川は、その間に、医者から、直子の症状を、詳しく、きいた。

「私には、どうにも、事情が、飲み込めないんですがね。家内は、どうして、ヒ素なんか、飲んだんですか？」

「その点は、私にも、よくわかりません。今も申しあげたように、突然、救急車を、呼ばれた。救急隊員が、駆けつけたら、奥さんが、倒れていて、そばに、奥さんが飲んだと思われるワインの瓶と、グラスが、あったそうですよ。それで、とにかく、救急車で、この病院に運ばれてきたのです。一目見て、中毒症状だと思ったので、今もいったように、胃の中の物を、すべて吐き出させて洗浄し、後は、点滴を続けました。危険な状況は、なんとか、脱しました。ただ、体が弱っているので、眠っていただいていますが、私にも、何があったのか、よく、わかりません。救急隊員のいうことを信じれば、ヒ素を混入したワインを飲んで、倒れたということだと、思うんですが」

「家内が、ヒ素の入ったワインなんか、飲むはずがありません」

「私も、そう思いますよ、誰かが、ヒ素を混入したワインを、置いていって、それを、知らずに、奥さんが、飲んだんだと思いますね」

と、医者が、いった。

（ワインか）

十津川は、考えた。

妻の直子が、ワインを好きなことは、十津川も知っている。

先日、妻は、友人と、信州に旅行し、その時に、ワインを二本、買ってきた。その二本が、簡単なワインセラーに入れてあったのは、十津川も、覚えている。

十津川自身は、アルコールに弱いし、ワインは、それほど、好きではないから、もっぱら、そのワインを飲んでいるのは、妻の直子である。

信州で買ったワインに、ヒ素が入っているはずがない。となれば、あとで、誰かが、あのワインの中に、ヒ素を入れたのだ。

十津川は、佐久間有也の顔を、思い出した。

おそらく、あの男が、誰かに頼んで、あるいは、命じて、十津川の家に忍び込ませ、直子が留守の間に、ワインセラーの中にあった、ワインの中に、ヒ素を混入させたのだろう。

前に会った時、佐久間は、三日以内に、妻の直子が、自殺すると予言して、十津川を脅した。

三日以内といったのは、三日間のうちに、直子がワインを飲むだろう。佐久間は、そう考えて、三日以内という予言をしたに違いない。

ただ、確実に、直子を殺したければ、おそらく、ワインの中に、ヒ素ではなくて、青酸カリを、混ぜておいたはずである。

だから、ヒ素を混入したということは、確実に殺そうという意思は、なかったことになる。

佐久間有也は、十津川に、脅しをかけたのだ。そうとしか、考えようがない。

三十分経って、十津川は、病室に呼ばれた。

直子は、目を覚ましていた。

だが、声を出すのが、苦しいらしく、黙って、十津川を見ている。

「もう大丈夫だ」

と、十津川は、直子に、声をかけた。

「何もいわなくてもいいよ。君は、絶対に死なない。犯人は、わかっている。絶対に、そいつを、捕まえてやる」

4

十津川は、捜査本部に引き返した。

亀井が、戻ってきた十津川の顔を見て、

「大丈夫だったようですね」

と、ホッとした顔で、いう。

「家内は、大丈夫だ。それで、ボイスレコーダーを、聞かせたのか？」

「佐藤聡に、聞かせました」

「それで？」

「電話の声に、よく似ていると、いいました。確証は、ありませんが、たぶん、間違いなく、電話をかけたのは、佐久間有也だと、思います、ただ、なぜ、あんな誘いの電話をかけたのかが、私にも、わかりません」

「柴田晃子は、どうした？」

「それが、昨日から、家を空けていて、夫にきくと、結婚以来、無断で外泊するようなことはなかったと、言っています」

「それは、つまり、柴田晃子も、行方不明になったということか？」

その日、昨日に続いて、開かれた捜査会議では、十津川は、妻の直子のことには触れず、ボイスレコーダーのことだけ、三上刑事部長に、いった。

「この、ボイスレコーダーには、佐久間有也の声が、録音されています。亀井刑事が、佐藤聡に聞かせたところ、ほぼ間違いなく、電話をしてきた男の声と同一人だと、証言したそうです」

「それなら、佐久間有也を引っ張ってきて、なぜ、そんな、電話をしたのか、問い質《ただ》すことは、できると思うが」

と、三上刑事部長が、いう。

「任意に、連行して話をきくことは、可能だと思いますが、声が似ているというだけでは、犯人と、決めつけるわけには、いきません。今は、逮捕せずに、様子を、見ていたいと思います」

と、十津川は、いった。

「どうしてだ？」

「佐久間有也が、電話の男で、佐藤賢と、小島伸一の二人を、連れ去った犯人ということになれば、今、佐久間有也を、逮捕すると、二人が、危険にさらされる恐れがあります。ですから、われわれは、気づかないふりをして、一刻も早く、行方不明になっている、佐藤賢と小島伸一を見つけ出したいのです。それに、あと一人の柴田晃子も、昨日から、家を空けたまま、行方が、わかりません」

「問題は、金だな」

と、三上が、いった。

「佐久間有也と思われる男が、四人に電話してきて、殺人の目撃が、金になると、いったんだろう？　佐久間が電話の男なら、彼は、かなりの金を、持っていることになる。金がなければ、佐藤賢も小島伸一も、その言葉を信じて、出かけていくはずがないからな。君から見て、佐久間有也は、金を、持っていそうかね？」

「佐久間有也自身は、西洋占星術ができるので、占いで、金を稼いだといっていますが、話半分に、きいたほうがいいと思っています。占いだけでは、人を動かすほどの大金は、稼げないと思います」

「そうだとすると、佐久間有也は、何で、金を稼いだと、君は思うんだ？」

「おそらく、死んだ松本弘志の金だと思います。松本弘志は、金を貸すのを、商売としていて、五億円もの脱税をした疑いで、税務署に調べられていました。これは事実でしょう。その五億円が、今、どこにあるのか、わかっていませんが、たぶん、佐久間有也が、持っていると、私は、睨んでいます」

「つまり、獄中で死んだ松本弘志が、その五億円を、佐久間有也に、渡しておいたということかね？」

「松本弘志が、五億円を渡すとすれば、その相手は、佐久間有也で、まず、間違いないと思います」

「前にも、捜査会議で、その五億円を使って、刑務所に入れられて、獄中で死んだ松本弘志の復讐を、やっているんじゃないかという話になったが、今でも、君は、そう、思っているのか？」

「その確信を、今も、持っています」

「その五億円を使って、殺し屋を雇い、今までに、大石あずさ、宮田直人、黒柳恵美、この三人を殺させた。そういうことになってくるが、違うかね？」

「もし、刑事部長がいわれるように、五億円を使って、殺し屋を雇ったとすれば、その殺し屋が、三人を殺したことになります」

「黒板には、殺人を目撃し、証言した五人の名前があった。最初は、五人しか、考えられなかったから、一人一億円で、五億円あれば、五人を殺せると思った。ところが、今度は、他に、四人の名前が、書かれている。一人一億円だと、四人分が、足りなくなってくる。そう思わないかね？」

三上が、十津川を、見た。

犯人は、証言者の五人のうち、三人を殺した。残りの二人も、殺すつもりなのだろうか？

それと、目撃したが、証言はしなかった四人は、どうするつもりなのだろうか？誘いに乗った二人、学生の佐藤賢と、失業中の元サラリーマン、小島伸一の二人だけを、殺すつもりなのだろうか？　それとも、四人全部を、殺すつもりでいるのだろうか？

「殺し屋か」

と、十津川が、つぶやいた時、三上刑事部長も、同じことを考えたらしく、十津川に向かって、

「今回の事件に、殺し屋が、関わっていたんだろうか？　いや、いるんだろうか？」

と、きいた。

「確かに、最近のいろいろな事件を、見ていますと、日本にも、殺し屋が、存在していることは、間違いないと思います。それに、五億円という大金があれば、優秀な殺し屋を、何人か雇うことは、可能だと思います」

「今回の事件で、すでに、三人の人間が、殺されている。その上、今度は、二人が、行方不明になっている。そこには、大金で雇われた殺し屋が動いている。君は、そんなふうに考えているのかね？」

「その可能性は否定しませんが、今回の事件では、金で雇われた殺し屋が、動いているような気がしないのです」

「その理由は？」

「これは、私の、勝手な想像かもしれませんが、殺し屋が、介在しているという、何か、殺伐とした空気は、感じられないのです。もっと何か、ジメジメとした人間的な匂いが、してくるんです。うまくいえませんが、むき出しの殺意とか、あるいは復讐とか、そんな匂いが、感じられるのです」

「君のいうことは曖昧で、すっきりと、私の頭に入ってこないんだが、どこに、人間的な匂いが、するのかね？」

「それは、今度、四人に対して、電話をしてきたことです。殺すつもりなら、黙って殺してしまえばいいんです。そのほうが、殺しやすいはずです。四人は、裁判で、証言していないのですから、犯人に、恨まれていない。そう考えて、油断していたでしょうから、殺しやすいと思うんです。それなのに、わざわざ四人全員に、犯人は、電話してきているのです。そんなところに、とにかく、殺してやろうという、鬼気迫るようなものが感じられないんですよ。人殺しを楽しんでいるような、匂いさえしてきます」

「すべて、遊びみたいな感じがするということかね？」

「そういうふうにも、考えられます」

と、十津川は、いった。

佐久間有也は、三日以内に、あなたの奥さんは、自殺するといって、十津川を脅した。あの脅しなど、その遊びの、典型的なものだろう。

犯人は、確実に、直子を、殺そうという気はなかったのだ。だから、遊びとも見えるし、殺人事件の捜査をしている十津川に、挑戦しているようにも見える。

それだけ、犯人は、殺人について、余裕を持っているということに、なるのだろうか？

第五章　椅子取りゲーム

1

捜査会議は、激論になった。

三上刑事部長が、最初にいったのは、こういうことだった。

「犯人は、佐久間有也、三十五歳と見て、いいんだな？」

それに対して、十津川は、

「佐久間有也は、今のところは、まだ、容疑者にすぎません。犯人と断定するのは、危険だと思います」

「しかしだね、君や刑事たちの話を、聞いていると、佐久間有也以外に、犯人らしき人物は、浮かんでいないんじゃないのかね？」

「そうです。今のところ、佐久間有也一人です」

「それなら、犯人と、断定してもいいんじゃないのかね？　何か、断定するのを、ためらうような問題でもあるのかね？」

「アリバイです」

「どのケースの、アリバイなんだ？」

三上刑事部長は、明らかに、不機嫌になっていた。彼の頭の中では、一連の事件の犯人は、佐久間有也、三十五歳と、断定されているのである。

「今までに、三人の人間が殺されています。大石あずさ、宮田直人、黒柳恵美の三人です。このうちの黒柳恵美について、佐久間有也には、アリバイがあるのです」

と、十津川が、いった。

「黒柳恵美は、六月四日、郷里の上山に行くため、東京発十時〇八分の『つばさ一一一号』に、乗りました。そして、小川長久は、その『つばさ一一一号』に、連結されている『やまびこ一一一号』に、乗ったのです。それがわかった時は、二人とも、危ないなと、心配しました。現実に、黒柳恵美は殺されてしまいますが、この時に、佐久間有也には、しっかりとしたアリバイがあるのです。したがって、状況証拠的には、佐久間有也はクロだと、思いますが、犯人と断定するまでには、至らないのです」

「君の奥さんが、佐久間有也に、殺されそうになったんじゃないのかね？」

「確かに、佐久間有也は、三日以内に私の妻が自殺すると予言して、妻は、ヒ素入りのワインを飲んで、病院に運ばれましたが、ヒ素の量は、致死量ではありませんでした。私は、佐久間有也を、疑ってはいますが、彼が犯人だとしても、本当に殺す気はなかった。脅すつもりだったんだろうと、思います」

「その辺が、私には、どうも、わからんのだよ。奥さんが、危ない目に遭っているのに、まだ佐久間有也を、犯人とは断定できない。その辺の気持ちが、私には、わからんのだ。わかるように、説明してくれないかね？」

三上が、十津川を見据えるようにして、いった。

「いちばんの問題は、佐久間有也が、いったい、何を企んでいるのか、何をするつもりなのかが、わからないことです」

「どんなふうにかね？」

「去年の三月五日、午前十一時五分、中野の喫茶店で、オーナーの本間順一が、殺されました。殺したのは松本弘志、三十歳。店に入ってくると、いきなり有無をいわさず、カウンターの中にいた本間順一を、刺して逃げました。それを目撃していたのは、その時、店にいた八人の客と、ウエイトレスの大石あずさ、合計九人です。この九人のうちの五人が、法廷で、松本弘志が、本間順一を刺し殺すのを見たと、証言してくれました。犯人の松本弘志は、証人席の五人に対して、殺してやると、いいましたが、その後、刑務所内で、死亡してしまいました。その後、五人のうちの、大石あずさ、宮田直人が、事故死を装って、あるいは、自殺に、見せかけられて殺され、さらに、黒柳恵美は、明らかに扼殺されました。その時点で、当然、何者かが、松本弘志に代わって、復讐しているのだと、われわれは、考えました。その時に、浮かび上がってきたのが、佐久間有也です。普段は女装をしていて、西洋占星術を学んだという、この男ですが、どうやら、死んだ松本弘志と、深い関係にあったと思われるのです。そこで、この佐久間有也が犯人ではないか？　犯人と断定してもいいのではないか？　私は、そう考えたのですが、その後、彼の取った行動が、いかにも、不可解なんです」

「どの点が、不可解なのかね？」

「今も申し上げたように、去年、三月五日の殺人事件については、九人の目撃者がいました。その中の五人が、法廷で証言し、残りの四人は、証言を、拒否しました。拒否した四人の名前は、ここに書き出しましたが、佐藤賢、二十二歳、佐藤聡、二十歳、この二人は兄弟で、いずれも、大学生です。小島伸一、四十一歳、当時失業中で、現在もまだ、失業中です。柴田晃子、三十六歳、彼女は主婦ですが、パチンコ好きで、そのために、借金を作っているという噂が、あります。この四人に対して、佐久間有也が、突然、電話をかけてきて、君たちは、去年三月五日の、殺人事件の目撃者だ。その件で金儲けができることがあるのだが、話に乗らないかと、いってきたそうです。それに応じたのか、佐藤賢と小島伸一、そして、一度は誘いを断ったはずの、柴田晃子の三人が、姿を消してしまいました。佐久間有也の誘いに、乗ったとしか、思えないのです」

「それなら、なおさら、佐久間有也が、怪しいんじゃないのかね？」

「この四人は、目撃はしていますが、法廷での証言は、拒否しているのです。つまり、犯人の松本弘志にとっては、仇ではないわけです。その上、松本弘志本人は、死んでしまっているのですから、この四人は、事件とは、何の関係もないと考えても、いいわけです。それなのに、なぜ、佐久間有也が、奇妙な電話を、かけてきたのか？　そこが、わかりません」

「そんなことは、わかり切っているじゃないか。佐久間有也は、死んだ松本弘志に、恋愛感情を持っていたわけだろう？　だから、松本弘志が喫茶店のオーナー、本間順一を殺すところを、目撃した人間は、すべて、殺してしまいたいんだよ。普通の神経なら、君のいうように、法廷での証言を拒否した人間を、殺すことはまずないだろう。しかし、佐久間有也という男は、少しばかりおかしな感情を持った人間なんだ。だから、目撃した九人を、全部殺してしまうつもりなんだ。そういうふうに考えれば、簡単じゃないか」

「それはそうですが、私に、佐久間有也から電話があったことを、教えてくれた佐藤兄弟の弟、聡ですが、彼が、命を狙われた気配が、ないんですよ。ほかの三人は、佐久間有也の誘いに乗ったと、思われますが、佐藤聡は、その誘いに、乗っていません。そうなると、当然、命を、狙われるはずですが、まったく、その気配がありません」

「今までだって、法廷で証言した五人のうち、二人はまだ、殺されていないんだろう？　だからといって、犯人が、この二人を、殺さないと、君は、断言できるかね？」

「いえ、断言はできません」

「つまり、今でも、危ない状況にある。そう思っているわけだろう？」

「そうです」

「それなら、同じことだ。佐藤聡という大学生が、いつかまた、狙われるのではないかと、考えてもいいわけだ。君は、四人のうちの一人が、佐久間有也の誘いに乗らないので、狙われるはずだが、どうして、殺されないのか？　それが、わからないというが、簡単に、わかるじゃないか。まだ、手が回らないんだよ、証言者五人のうちの、残りの二人だって、いつ殺されるか、わからない。佐藤聡も同じことだ。私から見れば、今もいったように、佐久間有也は、九人全員を狙っているんだ。全員を殺すことで、松本弘志の仇を討つ気でいるんじゃないのかね？」

「そんなふうに、断定できればいいんですが」

十津川は、考え込んでいた。

そんな十津川に向かって、三上は、

「君の結論は、どういうことなんだ？　ただたんに、佐久間有也の行動は、不可解だ。それだけかね？」

「不可解では、ありますが、ある解釈は、できると思っています」

「じゃあ、その解釈とやらを、ここで、話してみてくれ」

と、三上が、いった。

2

捜査本部の黒板には、九人の名前が、書かれている。去年三月五日の殺人事件の、目撃者九人の名前である。

それを十津川は二つに分けて、法廷で証言した五人を右に書き、左には、証言を拒否した四人の名前を、書きつけた。

証言者の五人のうち、大石あずさ、宮田直人、黒柳恵美の名前のところには、×印がつけてあった。すでに亡くなったという印である。

「この九人の名前を、よく見てください。最初、大石あずさ、宮田直人、黒柳恵美の三人が殺された時、私は、犯人は法廷で証言した五人全員を殺すつもりなのだと、考えました。まだ殺されていない小川長久、内海将司の二人も、犯人によって、狙われるだろう、とです。しかし、突然、犯人の関心は、こちら側に書かれた四人、目撃者ではあるが、法廷では証言しなかった四人に、移りました。犯人は、四人に対して、奇妙な電話を、かけてきました。殺人の目撃をしたのだから、それを、金にしないか？　大金が儲かるという、実に、奇妙な誘いをかけてきたのです。そして、三人が、それに応じ、大学生の佐藤聡だけが、その誘いに、乗りませんでした」

「それは、もう、わかった。ただ、私には、君が何をいいたいのかが、わからないんだよ」

三上が、また、不機嫌な顔になった。

十津川は、かまわずに、

「右側の五人のうち、三人が死に、残っているのは二人です。そして、左側の四人のうち、三人が、佐久間有也の誘いに、乗りました。これは一見、バカバカしいことのように、思われるかもしれませんが、右側の五人のうちの、三人が亡くなって、左側の四人のうちの、三人が、今回の事件に、ある意味で、加わってきたのです」

「数合わせでも、君は、考えているのかね？」

「そうです。犯人は、三人が、欠けてしまったので、そこに、三人を補充した。それで、元通りの五人になった。数が合ったので、四人のうちの一人、大学生の佐藤聡が、誘いを断って参加しなくても、犯人は、満足しているのではないか？　私は、そんなふうに、考えているのです」

「君の話を聞いていると、頭が、どうかなってしまったのではないかと、そんな心配さえ持ってしまうんだが、わかっているんだろうね？」

「もちろん、わかっています」

十津川は、苦笑してみせた。

「すでに、三人も殺されているんだよ。これも、わかっているね？」

「もちろん、わかっています」

「それなのに、君は、三人の男女が殺されてしまったことを、忘れてしまって、ただたんに、数合わせをしているだけのように見えるがね。三人が死んだから、三人補充して、元通り五人になった。そういう考えは、危険じゃないかね？　私には、殺人事件の捜査から、逸脱しているような気がして、仕方がないね」

「わかっています」

十津川は、繰り返した。

三上刑事部長が、何を、怒っているのかも、よくわかるし、彼自身、自分が考えたことが、いかにも、突飛で、殺人事件の捜査をやっている時に、不謹慎であることも、わかっていた。

しかし、ここに来て、その奇妙な考えに、十津川は、とらわれていたし、それを振り払うことは、できなかった。

不謹慎だと思われても、この際、自分の考えを、はっきり、捜査会議で、話さなければならない。

「また、妙なことをいうと、思われるかもしれませんが、私は、こんな光景を、想像しているのです。犯人がいて、その前に、五つの椅子が、円形に置かれています。最初、大石あずさ、宮田直人、黒柳恵美、小川長久、内海将司の、五人が座っていました。犯人から見ると、五つの椅子に座っている人間たちは、まるで、オモチャの人形のように、見えるのかもしれません。いや、射的の的のように、見えるのかもしれません。犯人は、空気銃に、弾を込めて、一発ずつ、撃っていきました。簡単に、三つの的が落ちました。円形に、五つ並んでいた椅子には、人間が、二人しか残っていません。その時、突然、犯人は、寂しさに襲われたのです。満足感を期待していたのに、いいようのない寂しさに襲われてしまったんです。誰も座っていない三つの椅子が、どうにも、気になって仕方がない。なんとかして、空いている三つの椅子を埋めようと、思った。どうしたらいいのか？　そうだ、去年三月五日の殺人事件の目撃者で、法廷で証言しなかった、四人の男女がいるじゃないか？　そこで、犯人は、四人に電話をしたんですよ。一人には、断わられたが、あとの三人は、犯人の誘いに、応じてきた。今、犯人の頭の中では、三人が、空いた椅子に、腰をおろしてくれて、五つの椅子が埋まっているのです。そのことに、犯人は、たいへん、満足しているのではないでしょうか？」

「君は、そんなことを考えているのかね？」

「そうです」

「わからんね。佐久間有也が、死んだ松本弘志のために復讐を考えていて、次々に殺していくというほうが、まだ、納得できるんだよ。犯人は、目撃者全員を殺そうと考えている。そこで、四人にも電話をして、誘いをかけた。もちろん、金儲けなどというのは、まったくのウソだ。どこかに、連れていって、殺してしまおうと、考えているに違いない。五人のうちの残りの二人も、同じだ。君は、佐藤聡という大学生は、殺されないと思っているみたいだが、私から見れば、遅かれ早かれ、彼も殺されてしまうだろう」

「九人もの人間を、たった一人の人間が殺すというのは、不可能に近いと、思うのですが」

十津川は、初めて、三上刑事部長に向かって、疑問を、提示した。

「私だって、佐久間有也が一人で三人もの人間を、殺したとは、思っていない。君は、黒柳恵美が殺された時のアリバイが、佐久間有也にはあるといっていたが、私から見れば、アリバイなど、問題ではないんだ。佐久間が、誰かに、彼女を殺させたんだよ。ほかに、考えようが、ないじゃないか？　君の奥さんが、ヒ素入りのワインを飲んで、病院に入院した。それだって、佐久間有也が、誰かを使って、君の家に忍び込ませ、家の中にあった、ワインの中にヒ素を混入させたんだよ。君だって、そう、思っているんだろう？」

「妻のケースは、刑事部長と、同じ意見です」

「それなら、妙な想像をたくましくして、捜査を、混乱させないでもらいたいね。犯人は、佐久間有也、三十五歳だよ。彼の周辺を徹底的に調べて、追いつめ、逮捕する。捜査の方針は、それしかないんじゃないのかね？　君のいうことを、聞いていると、まるで、犯人が、ゲームを、楽しんでいるように思えるのだが」

「そうなんです。私は、今回の犯人は、刑事部長が、いわれるように、佐久間有也だと思いますが、その犯人は、ゲームを楽しんでいるように見えて、仕方がないのです。いや、ゲームを、楽しんでいるのかどうかは、わかりません。ゲームをしようとしているといったほうが、いいかもしれません。今回の復讐劇ですが、これは、犯人にとって、ゲームなのではないでしょうか？　そんな気がして、仕方がありません」

十津川は、繰り返した。

3

今度は、ゲームという言葉が、捜査会議で問題となり、混乱が、起きてしまった。

十津川の考えに、賛成する刑事もいたが、その刑事にしても、今回の事件が、犯人によるゲームであるとする考え方には、ついていけないという。なにしろ、三人も死んでいる、いや、殺されているのである。それなのに、ゲームという言葉は、いかにも不謹慎ではないかというのである。

「私はこの際、佐久間有也の、逮捕状を取って、彼を逮捕してしまったほうが、いいのではないかと、思います」

そういったのは、西本刑事だった。

「佐久間有也の逮捕状が取れると、思うかね？」

十津川が、きいた。

「私は、取れると思います。今、警部は、黒柳恵美については、佐久間有也に、アリバイがあるといわれましたが、そのアリバイも、確定したものではないと、思うのです。証言を拒否した四人を、大金が儲かるといって、誘い出し、そのうちの三人が、現在、行方不明になっています。その誘いの電話をかけたのが、佐久間有也であることは、証明されているのです。この三人も、佐久間有也は、殺すつもりでいるのではないかと、考えられます。それを、主張すれば、逮捕令状は下りるはずです」

「それで、逮捕した後は、どうするのかね？　起訴できると思うか？」

「逮捕と同時に、佐久間有也の、自宅を家宅捜索します。そうすれば、彼が、犯人である証拠が、見つかると思うのです。警部も、いわれたじゃありませんか、佐久間以外に、犯人はいないと。それに、殺人容疑の逮捕状が取れなくても、三人の人間に対する誘拐容疑では、令状が、取れるのではありませんか？　そうなれば、三人がどこに行ったのか、自然にわかってくると、思うのです」

西本が、主張すると、

「私は、西本刑事に、賛成だ」

と、三上が、いった。

「殺人と、誘拐容疑で、佐久間有也の逮捕令状を、請求しようと思っている。君は、これに反対か？」

三上が、十津川を、見た。

「問題は、起訴できるかどうかだと、思います。佐久間有也は金を持っているようですから、優秀な弁護士を、雇うでしょう。弁護士は、殺人容疑については、黒柳恵美殺害についてのアリバイを主張するでしょう。三人の人間が、いなくなったことについては、自分が誘拐したという証拠があるのかと、主張するに、決まっています。その時に、はたして、起訴できるかと、いうことです」

「君は、できないと思うのかね？」

「私も、佐久間有也が、犯人だと思っています。彼以外に、犯人は、いません。しかし、今の状況では、逮捕状を取っても、起訴は難しい。起訴に失敗すると、佐久間有也に、いっそう、自信を、持たせてしまうことになると思うのです。ああいう男は、なまじ自信を持つと、何をしでかすか、わかりません。それが怖いのです」

と、十津川は、いった。

「それでは、君は、今のまま、佐久間有也を、野放しにしておくつもりかね？　今、三人の人間が、行方不明になってしまったんだろう？　それに、佐久間がからんでいると、君も認めている、また、今でも、佐久間有也という男は、自信満々なんじゃないのかね？　何をやっても成功する。殺しだって、簡単にできる。そんなふうに考えているから、平気で、四人に、電話をかけ、三人を、誘拐してしまったんだ。それでも、君は、放置しておけというのかね？」

明らかに、三上は、怒っていた。

「捜査本部の意見を、統一しておきたい」

その、三上が、いった。

「それには、賛成です」

十津川も、いった。

「君は、今すぐに、佐久間有也を逮捕することは危険だといっているが、あと、何日後ならいいんだ？」

三上が、十津川を、追いつめてくる。

「できれば、少し猶予をいただきたいと思っています」

「そう長くは待てない。あと一週間だ。それ以上、延ばすことは、できない。その間に、絶対に起訴できるような証拠を、つかんでおけ、それを、今日の捜査会議の結論とする」

三上が、決めつけるように、いった。

4

捜査会議が終わり、十津川と二人だけになると、亀井が、

「これから、一週間で、佐久間有也が、犯人であるという証拠が、つかめるでしょうか？」

と、きいた。

「その自信は、ない」

十津川は、正直に、いった。

「警部にも、ありませんか？」

「ただひとつ、これが、わかればということは、ある」

「どんなことか、教えてください」

「佐久間有也という男の、性格だよ。佐久間有也は、今までの、調べでは、死んだ松本弘志と、同性愛の関係にあったと思われる。西洋占星術を勉強した結果、自分には、未来が予測できるという自信も、持っている。女装は、たぶん、松本弘志の好みだったのではないかと、私は、思っている。佐久間の性格は、自信家、ということだ

な。今もいったように、自分には、未来が予知できる能力があると信じ、すべてが自分の思う通りになる、という自信過剰に陥っている。今のところ、このくらいしか、わからないがね」

「なるほど」

「この男の性格の中で、いちばん、重要だと思うのは、今いったように、自分には、未来を予知する能力がある。そう信じていることから、自信満々であり、すべての人間は、自分の思い通りになると思っているらしいことだよ」

「そうした、佐久間有也の性格ですが、それが彼の行動と、どう関係してくるんでしょうか？」

「今日の捜査会議で、私は、犯人が、妙な椅子取りゲームをしているのではないかといったが、あれは本気だ。犯人は椅子を五つ並べ、そこに、五人の証人を、並べて座らせた。そうして、次々に、三人を殺していった。ところが、残りが二人になってしまったので、犯人は、面白くなくなったんじゃないのか。もっと多くの人間を、ゲームに参加させたくなり、そこで、証言しなかった四人の目撃者に、声をかけた。その四人を自分のゲームに、誘い込み、空いた三つの椅子を埋めようとしたのだと、私は、思っている。四人のうちの一人が拒否したが、三人は、犯人の誘いに応じた。これで、五つの椅子が埋まったことになる」

「私には、警部のいわれるゲームというのが、よく、飲み込めないのですが、よくある〝椅子取りゲーム〟のようなものですか？」

亀井が、きく。

「単純な椅子取りゲームではない」

「それならば、なんとか、わかります。アンパイヤが笛を持っていて、それを吹く。そういうゲームなら、子供の時に、やったことがありますが、殺人が絡んではいませんでした」

「そうだよ。それが、椅子取りゲームとは違うところだ」

十津川が、いった。

「それならば、どんなゲームなのでしょうか？」

「私にも、わからんのだ」

と、いった後、十津川は、

「午後六時になった。二人で、夕食を食べに行こう」

と、誘った。

捜査本部の近くに、小さなレストランがある。その二階に、個室があるので、十津川は、そこに、亀井を誘った。

イタリア料理の店なので、シーフード料理をオーダーした。その料理を、食べながら、十津川は、用意してきた一枚の紙を、テーブルの上に置いた。

その紙に、十津川は、サインペンで、五つの椅子を、円形に並べて描いた。

「ここに最初、五人の人間が、座っていた。法廷で証言した五人だ。高いところから、犯人が見ている」

「犯人の合図で、椅子取りゲームが、始まったわけですか？」

亀井が、スパゲティを、口に放り込みながら、十津川の描く図を見ている。

「確かに、犯人の合図で、何かが、始まった。この五人には、犯人が、見えていないはずだ。三人も殺されているから、もし、犯人が見えているのなら、残った二人が、犯人のことを、証言するはずだ」

「警部は、椅子取りゲームではないといわれましたが、では、どんなゲームでしょうか？」

「単純な椅子取りゲームではないといったんだ」

「しかし、私には、椅子取りゲームのような形としか思えません」

「確かに、形は似ているが、ひとつずつ、減っていくんじゃない。一人ずつ、死んでいくんだ」

十津川が、いった。

「確かに、そこは、たいへんな違いですね」

「そうだよ。たいへんな違いなんだ。だから、たぶん、殺人に見合うような賞金が、このゲームにはかかっているんだ」

「五億円ですか？」

ポツリと、亀井が、いった。

「そうだ。五億円だ」

十津川の声が、大きくなった。

「確か、その五億円は、消費者金融会社を経営していた松本弘志が、隠して、税務署から告発されようとしていた五億円じゃありませんか？」

「そうだよ。その、五億円は、現在、佐久間有也の手の中にあるだろうと、思っている」

「そうなると、五億円を使ってのゲームということになりますね。確かに、これは、たんなる椅子取りゲームでは、なくなってきますね」

と、亀井が、いった。

しかし、十津川には、それが、どんなゲームなのかは、まだ、はっきりと、わかってはいないのだ。

5

食事が終わっても、二人は話し続けた。

十津川は、何か、ゲームに似たことが、行われた。いや、行われつつあると、思っているのだが、その内容が、わからない。

それに、佐久間有也は、なぜか、自信を持っているように見える。五億円という大金を持っているにしても、自信が、ありすぎるのではないか？　十津川の妻の自殺の予告が、そのいい例だ。

しかし、いくら考えても、佐久間有也という人間が、はっきりとしてこない。

自信家だということも、わかったし、未来が見通せるという自信を、持っていることも、わかっている。

だが、これだけでは、命を賭けた椅子取りゲームは、できないだろう。

十津川が考え込んでいると、亀井が、

「今のところ、佐久間有也のことは、これ以上、わかりませんから、ゲームに参加している、人間のほうを考えてみては、いかがですか？」

「そうだな。君のいう通りかもしれない。関係している、九人の目撃者について、わかっていることを、もう一度、検討してみるか？」

と、十津川が、いった。

亀井は、自分の手帳を、取り出すと、

「簡単に、一人ずつ、説明します」

と、いった。

「大石あずさ、喫茶店のウエイトレス、二十歳の若さで、恋人がいます。父親は中小企業に勤めるサラリーマンです。二番目、宮田直人、売れない作家です。黒柳恵美、大学を卒業し、大企業に就職したばかりです。小川長久、大手企業に、勤めていましたが、定年退職し、現在は、何もしておりません。内海将司、中央自動車のセールスマン。今は、車が売れない時代で、仕事は、たいへんだと思います。次は、目撃者だが、証言を拒否した四人です。佐藤賢、二十二歳、大学生。佐藤聡、二十歳、同じく大学生。この二人は兄弟です。小島伸一、四十一歳。去年の事件の時も、失業中でしたが、現在もまだ、失業中です。柴田晃子、三十六歳、主婦。パチンコに凝って、借金を作っています。これが、九人の簡単な経歴です」

「なかなか面白い」

と、十津川が、いった。

「そうですか、面白いですか」

「去年の三月五日に、事件が起きた時、このウエイトレスと客の九人は、近くの喫茶店にいて、モーニングサービスを取っていた。喫茶店に行って、モーニングサービスを取るくらいだから、それほど裕福な人間でもないし、裕福な家庭の子供でもない。そう思っていたんだ。私も、よくモーニングサービスを利用するからね。今、カメさんが、簡単な経歴をいってくれたが、この九人を見ると、黒柳恵美は、大企業へ就職した。だから、将来は、明るい。小川長久は七十九歳の老人だが、大企業にいて、定年退職しているから、かなりの年金をもらっているはずだ。この二人は、現在、そして、未来も、明るいが、ほかの七人はというと、大石あずさは、二十歳で、小さな喫茶店のウエイトレスを、している。宮田直人は四十二歳で、長年、小説を、書き続けているが、依然として、売れず、将来的にも、明るいとは思えない。内海将司は、中央自動車のセールスマンだ。中央自動車は、ここに来て経営が、あまりうまくいっていない。将来が不安だ。佐藤兄弟は大学生。この二人は、将来が、わからない。そして、通っている大学も、有名大学ではない。そのことのハンディは、背負っているだろう。小島伸一は、二年続けて、失業中だ。柴田晃子は主婦だが、パチンコ好きで、そのために借金を、作ってしまっている。こうやって見てくると、黒柳恵美と小川長久の二人を除いては、あとの七人とも、将来が不安定か、あるいは、現在、経済的に困っている。そんな連中だ」

「その中の黒柳恵美は、殺されました」

「それも、大石あずさと、宮田直人の二人とは、違った殺され方をしている。大石あずさは、沖縄で、事故死の形で、殺されている。宮田直人は、自宅の風呂場で、自殺に見せかけて、殺されている。ところが、黒柳恵美は、はっきりと、殺しとわかるやり方で、殺されているんだ」

「犯人に、事故死か、自殺に見せかけて、殺すだけの余裕が、なかったということでしょうか？」

「それは、十分に考えられるね。明日から、小川長久のことを、調べたい。大手企業に勤めていて、定年退職したから、十分な年金をもらっていると思うが、経済状態の実態が知りたい」

「わかりました。明日、さっそく、調べてみますよ」

と、亀井が、いった。

6

翌日、さっそく、小川長久の、経済状態の捜査に取りかかった。

これは、すぐに、答えが出た。

それを、亀井が、十津川に、報告した。

「小川長久は、現在、年金生活をしていますが、年金の月額は、六十八万円です」

「それなら、楽に、暮らしていけるな」

「そうですが、実は、彼の息子、四十二歳の長男が、問題を起こしています」

「問題？　何をやったんだ？」

「この長男は、小川長久が勤めていた会社に勤務し、経理課長を、やっていたのですが、友人と会った後、車を運転していて、軽自動車にぶつけ、三十五歳の母親と八歳の娘を、死なせてしまっているのです」

「酒を飲んでいたのか？」

「いえ、酒は、飲んでいませんでしたが、警察の交通係の調べでは、無謀運転をしていたらしいのです。なにしろ、深夜の道路を、時速百二十キロで、走らせていたそうですから」

「それで、どんなことに、なっているんだ？」

「小川の長男は、逮捕され、裁判では懲役一年六月、執行猶予三年の刑を、受けましたが、死んだ女の夫が、民事訴訟を起こして、裁判では、小川の長男に、一億二千万円の支払いを、命じています」

「その長男の車は、保険に、入っていなかったのか？」

「保険が、切れていたそうです」

「そうなると、小川長久も、自然に、金が要ることになってくるな」

と、十津川が、いった。

刑事たちは、次に、五人目の内海将司、三十三歳のことを、調べることにした。

内海将司が、働いている中央自動車は、去年、百二十億円もの赤字を出し、現在、大手の自動車会社に、吸収されようとしていた。

「中央自動車の社員は、戦々恐々としているようですよ。大手自動車会社に、吸収されれば、当然、大規模なリストラが、始まりますからね」

「内海将司の、セールスマンとしての成績は、どうなんだ？」

「普通の成績だそうです。経済評論家の話を聞くと、セールスマンの場合、相当上位の成績を上げていないと、吸収の後、リストラの対象になると、いっています」

小川長久と、内海将司の捜査は簡単にできたが、行方不明になっている三人については、依然として、消息が、つかめなかった。

佐久間有也が、三人の行方を知っているだろう。そう考えて、佐久間有也の自宅を、刑事たちが、監視しているのだが、いっこうに、佐久間有也が、出かける気配は、なかった。買い物にすら、出かけないのである。

買い物は、六十歳ぐらいの、小柄なスタッフの女性が、通いで、佐久間の家に行き、用事を済ませている。

北条早苗刑事は、そのスタッフ、吉田《よしだ》ツネ子、六十五歳が、近くのコンビニで、買い物を済ませた後を捕まえて、話を聞いた。

「これは、大事な捜査なので、佐久間さんには、黙っていてほしいの」

まず、釘をさしてから、

「佐久間さんは、ほとんど、出かけないみたいだけど、家の中では、どんな生活を、しているのかしら？」

と、きいた。

「私には、わかりません」

と、ツネ子が、答える。

「でも、毎日、佐久間さんとは、顔を合わせているんでしょう?」

「それが、あまり、顔を合わせないんですよ。私が買い物をして、食事を作って、食堂に置いておくと、いつのまにか、食事が済んでいるんです」

「じゃあ、佐久間さんは、食事の時しか、食堂には、来ないの?」

「ええ、そうです」

「じゃあ、いつもは、どこにいるの?」

「たいてい書斎か、寝室に、いらっしゃいます」

「佐久間さんに、外から、電話がかかってくることはない?」

「ありますけど、たいてい、佐久間さんの携帯にかかってきて、家の電話には、かかってこないんですよ。だから、私が、電話に出ることもありません」

「佐久間さんの携帯には、よく、かかってくるの?」

「それは、わかりませんけど、時々、書斎で、何か話していらっしゃるのが、聞こえてくることもあります。話の内容までは、わかりませんけど」

「では、携帯以外に、佐久間さんは、何を使って、外との連絡を、しているのかしら？」

「パソコンを、持っていらっしゃいますし、それに、ファックスも、ありますから」

「佐久間さんだけど、ここに来て、前よりも、忙しくなったんじゃないかしら？」

「それは、わかりませんけど、携帯を使う回数は、多くなったかもしれません。時たま、携帯から、電話をかけていらっしゃることもありますから」

と、ツネ子は、いった後、

「もう、行かなくては」

と、いう。

「このことは、佐久間さんには、内緒にしてね。大事なことだから」

と、早苗が、念を押した。

北条早苗の報告を聞いた後、

「どう思う？」

と、十津川は、亀井の意見を、求めた。

「佐久間有也は、自分では出かけないで、電話を使って、いろいろと指示しているんじゃないですか。ここに来て、携帯を使う回数が、多くなったというのは、例の三人が、佐久間の誘いに乗って、何かやろうとしている。そのためだろうと、思いますね」

と、亀井は、いう。

「同感だが、電話だけでというのは、無理があるんじゃないかな。なにしろ、殺人が、絡むんだから」

「しかし、佐久間の自宅は、刑事が監視しています。彼が出かけている様子は、ありません」

「だから、代理人が、いるんだよ」

と、十津川が、いった。

「代理人ですか」

「そうだよ。佐久間有也の代わりを、務める人間だ。その人間は、佐久間に心酔していて、彼のいうことなら、どんなことでも、実行に移す。そんな人間だ。佐久間は外出しないが、その代理人に、指示を与えているんじゃないか？　その人間が、奇妙な椅子取りゲームを、主宰しているような気がして仕方がない。なんとかして、その代理人を見つけ出したいね。佐久間有也は、西洋占星術を、信じていて、自分には未来を予見する能力があると、堅く信じている男だから、彼に忠実な代理人がいるとすれば、その男も、西洋占星術を信じているか、佐久間の予知能力を、信じている人間ということになる。その線で、探してくれ」

と、十津川が、いった。

刑事たちは、西洋占星術に詳しい人間に当たったり、新宿のクラブに、聞き込みに走ったり、佐久間有也に女装の趣味があるので、その方面の人間に、当たってみることになった。

ところが、こういう少数派の人間たちというのは、妙に、口が堅い。それで、なかなか、答えが見つからなかった。

丸一日かかって、やっと、一人の男の名前が、浮かび上がってきた。

名前は、中田《なかた》哲也《てつや》、通称テッちゃん。年齢は、二十八歳である。

しかし、この、中田哲也は、現在、行方がわからないと、彼を知る者全員が、いう。

テッちゃんの写真も、手に入ったが、それは、まだ十代の頃の写真で、美しい女性の格好をしていた。どうやら、佐久間と中田の関係は、その頃からだったらしい。

テッちゃんのことを、よく知る人間は、彼のことを、こういった。

「テッちゃんは、九州から上京してきたんだけど、有也さんに、惚れてしまって、みんなに、あのお姉さんは、未来が、見えるんですって。私も、そんなふうに、なりたいって、いっていた。それがある時、有也さんに、男がいることがわかって、一時、二人の関係が、壊れたのよ。だけど、最近、また、修復したみたい。そうね、前より、親しくなったんじゃないかな。でも、そうしているうちに、テッちゃんが、いなくなってしまって、今、どこにいるのか、わからないわ」

「そのテッちゃんは、佐久間有也に、惚れ込んで、尊敬していた。そういうことですね？」

三田村刑事が、念を押すと、クラブのママが、

「そんな、生易しいもんじゃないと思う」

「どういうことですか？」

「あの二人の関係というのは、普通の男同士とか、そういうもんじゃないから。二人の仲が修復してからのことだけど、もし、有也さんが、テッちゃんのことを、裏切ったら、どうするつもりって、聞いたことがあるの。そうしたら、テッちゃんは、こう答えたわ。お姉さんの前で、喉《のど》を、切って死んでみせる。そういったの。だから、少しばかり、怖い関係ね」

「姿を消したということですが、行先のあては、わかりませんか？」

「わからないわね。何か、噂でもあれば、と思っているんだけど、それも、まったく

ないから、どこかで、死んじゃっているんじゃないかしら？」

7

「テッちゃんは、どうやら、自分の店を持つのが、夢だったみたいです」

三田村が、十津川に、報告した。

佐久間有也は、こちらの想像が、当たっているとすれば、五億円の金を持っている。それだけの金があれば、テッちゃんの夢を、かなえるぐらいのことは、簡単だろう。

そのこともあって、テッちゃんは、今、佐久間有也の代理人として、動いているのだろうか？

テッちゃん本人を見つけなければ、これは、たんなる想像でしかない。

テッちゃんのことを、三田村刑事たちと一緒に調べていた、片山《かたやま》刑事が、こんな報告をした。

「六本木のクラブの、お客の話なんですが、なんでも、このお客は、女装したテッちゃんが、好きだったようなんです。二日前に、中野を歩いていたら、テッちゃんを、見かけたというんです。それが、いつもは女装しているテッちゃんが、この時は普通の男の格好をしていた。きちんと背広を着て、ネクタイを締め、颯爽《さっそう》と、歩いていた。なかなかイケメンの青年だと、思っていたら、テッちゃんだったので、ビックリした。そう、いっているんです」

「その人は、テッちゃんに、声をかけたのか？」

「ええ、声をかけたが、テッちゃんは、知らん顔をして、走り去ってしまったそうです。それで余計に、あれは、テッちゃんだと、確信したそうです。何か、理由があって逃げたんだ。そう思ったそうです」

たぶん、女装をやめて、男の格好になったのは、佐久間有也の指示によるものだろう。以前のように、女装していたのでは、知り合いに、すぐ見つかってしまう。そこで、普通の男の格好をさせたのではないか。

背広に、ネクタイといえば、普通に見かける、サラリーマンの格好である。だから、テッちゃんのことが、誰もわからなかったのではないのか？

そういう格好をして、佐久間有也の指示を、みんなに伝えているのではないだろうか？

「中野で見かけたというのは、ちょっと気になりますね」

と、亀井が、いった。

「その点は、同感だ。去年の三月に、殺人事件が起きたのも、中野だったからな。それに、例の事件の目撃者の多くは、依然として、中野の周辺に住んでいる。いや、住んでいた」

「そうです。あとから、佐久間有也が、電話をした三人は、今のところ行方不明になっていますが、ほかの二人、七十九歳の小川長久と、セールスマンの内海は、今も、中野からそう遠くない場所に、住んでいます」

十津川は、中野で、テッちゃんに会ったという男に頼んで、似顔絵を、作ることにした。

女装していた時の写真は、十代のこともあって、可愛らしい女に見えるのだが、スーツ姿の格好に、なってしまうと、確かに、美男子ではあるが、普通の男にも見えた。おそらく、そのほうが、佐久間有也の指示を、伝えやすいのだろう。

十津川は、その、似顔絵のコピーを何枚も作り、中野周辺、あるいは、中央線沿線の交番、派出所などに配って、もし、この男を、見かけたら、すぐ連絡するようにと、指示した。

この作業で、さらに、丸一日、経ってしまった。

三上刑事部長と、約束したのは、あと五日である。
それまでに、テッちゃんこと中田哲也という男が、見つかるだろうか？
佐久間有也が、何をしているか、わかるだろうか？

第六章　一人一千万円

1

十津川は、部下の刑事たちに、佐久間有也を監視させ、その一方、彼の手足となって動いていると思われる中田哲也、通称テッちゃんの行方を、追わせた。

佐藤賢、小島伸一、柴田晃子の三人は、いまだに行方不明のままである。この三人も探すように、命じておいてから、十津川自身は、一人で、じっと、考え込んだ。

亀井刑事と話した、椅子取りゲームの実態を、必死に考えていたのである。

それが、文字通りの、椅子取りゲームなのか、それとも、まったく別の、何か恐ろしいゲームなのか、十津川は知りたいと思っている。すでに、三人の人間が死んでいるのである。その上、今、三人が失踪している。

十津川の頭の中に、浮かんでいる人間は、失踪した三人を含めて、五人である。失踪した三人に、小川長久、七十九歳、内海将司、三十三歳の二人が、プラスされての五人。

この二人に、死んだ大石あずさ、宮田直人、黒柳恵美の三人が、加わった五人で、最初、椅子取りゲームが、行われていたに違いないと、十津川は、思っている。

この椅子取りゲームには、主宰者が必要だが、それは、たぶん、佐久間有也だろう。

最初、五人で始めた椅子取りゲームで、三人が死ぬと、主宰者の佐久間有也は、参加者を三人増やして、五人にした。まるで、椅子取りゲームを、楽しんでいるかのように、見える。これが、ただのゲームならば、何の問題もないが、ゲームに参加した三人が、すでに、死んでいるのである。

もし、これが、殺人だとしたら、実際には、どんな椅子取りゲームなのだろうか？

十津川は、机の上に、一枚の大きな紙を広げた。そこに、思いつくままに、椅子取りゲーム、殺人ゲームに、関係のあるものを殴り書きしていった。

最初に書いたのは、「五億円」という金額である。刑務所内で死んだ松本弘志が、会社を経営していた時に、帳簿をごまかし、五億円という大金を、自分の懐に入れたことは、まず間違いない。

松本弘志が、死んでしまった今、その五億円は、佐久間有也が、持っていると思われる。佐久間有也が、ゲームの主宰者だとすれば、この五億円を、有効に使っているはずである。大部分の人間は、金、それも大金で、動くからだ。

合計、八人の男女が、このゲームに参加していると十津川は思っている。この八人のうち、金で動かない人間がいるとしたら、黒柳恵美ではないだろうか？

彼女は、大学を卒業し、大企業に就職していた。夢を持っていると、金の誘惑に負けないからだ。だから、あっさりと、殺されたのだろうか？

残りは七人。そのうちの二人は、黒柳恵美よりも先に、殺されている。

それでは、残った五人は、金で簡単に、動くだろうか？　それとも、動かない人間だろうか？

佐久間有也に誘われて、失踪した三人、この三人は、明らかに、金で動く人間である。少なくとも金に困っている人間だ。

ほかの二人、小川長久、七十九歳は定年退職した後、悠々と暮らしているように見えたが、息子のために、大金を欲しがっていることが、わかった。

もう一人の、車のセールスマン、内海将司、三十三歳は、彼が働いている中央自動車の経営が危なくなっている。とすれば、この内海将司も、金が欲しいはずである。

こう考えると、現在残っている五人は、いずれも、金で動くように思えてくる。

佐久間有也の手元には、今、五億円という大金がある。それを使えば、金を欲しがっている現在の五人を、死のゲームに参加させることは、それほど難しいことでは、ないかもしれない。

ただ、ゲームの正体が、わからない。

十津川は、考えを、進めていった。

佐久間有也には、黒柳恵美殺しについて、はっきりとしたアリバイがある。

三上刑事部長は、佐久間有也が金で殺し屋を雇い、自分のアリバイを作っておいて、黒柳恵美を、殺させたのではないかという。

しかし、十津川は、それには、反対だった。

今、佐久間有也がやっていることは、八人の関係者、殺人の目撃者を、大金をエサにして、殺し合いをさせているのではないのか？　つまり、死を賭けた、椅子取りゲームをやらせているのではないかと、十津川は考えるのだ。

最後に、一人が残る、その一人には、五億円が、与えられる。いや、すでに、三人が死んでいる。殺されている。三人を殺した人間にも報酬が、必要だ。

とすれば、一人を、殺すごとに、一千万円を与える。そんな約束を、佐久間有也は、しているのではないだろうか？

もし、この想像が、当たっていれば、三人死んでいるのだから、すでに、三千万円が動いたことになる。

佐久間有也の主宰するゲームの中で、姿を消した三人について、十津川は、考えてみた。

佐久間有也は、この三人を、どんな言葉で、ゲームに誘い込んだのだろうか？　それを考えてみた。

まず、大学生の佐藤賢を呼んで、佐久間は、耳元で、こう囁《ささや》く。

「あなたは、お金が欲しいでしょう？　だからこそ、私の誘いに乗って、ここに、やって来た。これから、あなたを含めて、五人による椅子取りゲームを、始めようと思っているの。最後の一人に、勝ち残れば、四億円を払う。今、五人いるんだけど、あなたの力で、一人減らしていくごとに、あなたには、一千万円を払うわ。そんなに、怖がることはないの。どうしてだか、教えましょうか？　今、あなたを含めて、五人残っているんだけど、ほかの人たちが死んでも、警察は、あなたを疑ったりはしない。警察が疑うのは、あくまでも、この私、佐久間有也。刑務所の中で死んだ、松本弘志の復讐で、殺人事件の目撃者を、次々に殺している。そう思うはずだから、あなたを疑うことは、絶対にないわ」

「しかし、簡単には、ほかの四人を、殺せないよ」

と、佐藤賢が、いう。

「そんなことはないわ。簡単よ」

佐久間有也が、説得する。

「考えてもごらんなさいよ。あなたを含めて、今、五人の人間が、いるんだけど、この五人の人たちは、みんな、仲間なの。だって、そうでしょう？　去年の三月五日に、あなたたち全員が、中野の喫茶店で、殺人を、目撃している。つまり、殺人を目撃した仲間。自分が、その仲間に殺されるなんて、まったく、考えていない。だから、殺すのは簡単なのよ。ただ、あなたに、ちょっとした勇気があれば、一人ずつ、四人を殺していけば、一人あたり一千万円、合計で、四千万円払うわ。あなたが最後の一人になったら、それに上乗せして、四億円を払います。これで、あなたは、億万長者」

「本当に四人を殺しても、僕は、疑われないのか？」

「もちろん、イエス。警察が、疑うのは、私だから」

「考えさせてくれないか?」

「考えるのは、いいけど、時間がないわ」

「どうして、時間が、ないんだ?」

「今から、一ヵ月か二ヵ月以内ならば、今もいったように、警察は、私を疑う。でも、それ以上延びてしまえば、警察だって、バカではないから、逆に、あなたを疑うようになる。それで、時間が、ないといっているの」

佐久間が、真顔で、いう。

2

次に、佐久間有也は、四十一歳で、失業中の小島伸一に向かって、同じように耳元で囁きかける。

小島伸一は、去年から、ずっと失業中である。だから、学生の佐藤賢や、主婦の柴田晃子以上に、金が、欲しいはずである。

「あなたに、参加してほしいのは、命を賭けた椅子取りゲーム。確かに、危険かもしれないけど、その代わり、報酬は、高いわよ。あなたを含めて五人の人間による、椅子取りゲームだけど、一人殺すごとに、一千万円を払い、最後に、あなた一人だけが、残ったら、四億円を、払います」

「本当に、最後に、俺が残ったら、四億円くれるのか？」

「ええ、払います。それに、ほかの四人のうち、一人殺せば、一千万円。だから、小島さん、あなた一人が残れば、四億四千万円、差し上げます」

「本当に、もらえるんだろうね？」

「ええ、もちろん、あなたに渡るように、四億四千万円を、確保しておきますよ。どんなふうに、渡してほしいのか、それを、いっておいてくれたら、そのように、しますよ」

「俺は、人を殺したことがないんだ。それでも、殺せるかな？」

小島伸一が、目をキラキラ輝かせながら、佐久間に、きく。

小島伸一は、もう、半分は、この椅子取りゲームに、参加する気なのだ。あとちょっとだけ、勇気を与えれば、この中年男は、間違いなく、椅子取りゲームに、参加するだろう。

佐久間有也は、甘く口説いていく。

「あなたを含めて、今いるのは、五人だけど、去年の三月五日の、殺人事件の後、全員が警察で顔を合わせているはずよ。五人のうちの二人は、法廷で、証言したけど、あなたを含めた三人は、証言をしなかった。でも、仲間意識は、持っているはずだわ。なにしろ、偶然、殺人を目撃したんですものね。だから、仲間意識を利用すれば、簡単に、殺せるはずなのよ。それに、いっておきますけど、あなたが、ほかの四人を殺しても、警察が、あなたを疑うことは、絶対にないわ。だって、警察は、目撃者同士が、殺し合うなんて、絶対に考えませんからね。犯人はこの私だと、思うに決まっているの。あなたは、安心して、ほかの四人を殺して、四億四千万円を、手にできる。ちょっと勇気があればね」

3

佐久間有也は、三人目に、三十六歳の主婦、柴田晃子にも、同じように、話しかける。

「あなたが、パチンコに凝って、消費者金融から、何百万もの借金をして、どうにもならなくなっていることを、私は、知っています。だから、あなたに、チャンスを与えてあげようと、思っているの」

「チャンスって? 何をすればいいのかしら?」

と、柴田晃子が、きく。

「椅子取りゲーム。あなたを含めて五人の人間が、参加するゲームよ。椅子取りゲーム、知っているでしょう?」

「ええ、知っているわ。子供の時に、やったことがある」

「それなら、話は簡単ね。ただし、この椅子取りゲームは、ちょっと、ルールが変わっていて、勝ち残って、最後の一人になった者は、四億円を、手にできるの」

「本当に、四億円も、もらえるんですか?」

「ええ、もちろん。そうなれば、あなたは、借金に、追われる心配はなくなる」

「いったい、どうすれば、四億円を、もらえるんですか?」

「今もいったように、あなたを含めて、五人が戦う椅子取りゲームなの。一人一人いなくなっていって、最後には、あなた一人が残ると、私は思っているわ。あなたには、勇気があるから。四億円と、いなくなった四人の分、一人一千万円として四千万円、合計四億四千万円が、あなたのものになるのよ」

「でも、ただの、椅子取りゲームじゃないんでしょう? 普通の椅子取りゲームで、四億円もの大金を、もらえるはずが、ありませんものね」

「ええ、もちろん、普通の椅子取りゲームじゃないわ。あなたが、これから参加する椅子取りゲームには、人間の命がかかっている。一人殺すごとに、あなたには一千万円が入り、そして、あなたが、最後の一人になれば、四億円が払われるの」

「私に、人が、殺せるかしら？」

「簡単よ。この五人は、去年三月五日の、殺人事件の目撃者で、仲間意識が強い。そうでしょう？　その上、あなたは女性だから、ほかの四人は、あなたに警戒心を持たないはずだから、簡単に、殺せるわ。そうね、毒薬を使うのが、いちばんいいかもしれない。もし決心がつけば、毒薬は、私が、用意しましょう。ビールか、ワインか、日本酒に、混ぜて飲ませれば、簡単に、殺せるはずですよ。その上、あなたに、殺人の容疑がかかってくることも、絶対にない。椅子取りゲームに参加する、ほかの四人は、全員があなたの、仲間ですものね。警察が疑うのは、あくまでもこの私、佐久間有也。絶対に、あなたが、疑われることはないのよ」

4

佐久間有也は、四人目に、七十九歳の小川長久を呼んだ。

「あなたを含めて、最初は五人の椅子取りゲームをやっていて、あなたが、一人一千万円の、報酬の何人分を手に入れたか、私は、聞かないことにする。人を殺すことには、もう、平気になったんじゃありませんか?」

「いや、そうではない。ただ、私が間もなく八十歳の老人だから、相手が、油断をしてくれてね。殺すのは、簡単だった」

「そうでしょうね。あなたの場合は、年齢が隠れ蓑になっている」

「それで、これから、どうなるんですか?」

「あと一人殺せば、あなたか、内海さんかが一人残って、大金を、手に入れることになっていた。ところが、ここに来て、新たに、三人が、この椅子取りゲームに参加したいと、いってきたんですよ」

「先日、会いました。全員、顔見知りでした。あの三人も、確か、去年、三月五日の殺人事件の目撃者でしたね?」

「ええ、そうです。だから、強引に、参加したいと、いってきたのです」

「しかし、あの三人は、私たちと違って、法廷では、何も証言しなかったんだ。いわば、逃げていたんですよ。それでも、四億円を賭けた椅子取りゲームに、参加する資格があるんですかね?」

「もちろん、あります。だから、新しく、三人を、このゲームに、参加させることにしたのです。でも、安心してください。あの三人には、何も、いっていませんから、あなたが、騙して、命を取るのは簡単だと思いますよ。それに、一人一千万円の約束は、ちゃんと、守りますから」

「あの三人は、一応、顔見知りだが、性格や現在、どんな生活をしているのかは、知らないのですよ。それを、教えてもらえませんか？」

「三人とも、金に困っています。だから、金をちらつかせれば、相手は、あなたのいう通りに動く。これだけは、本当です。ウソじゃありませんよ。あなたはすでに、椅子取りゲームの中で、人を殺して、少なくとも、一千万円は、手に入れている。その金を使えば、あの三人は、簡単に、あなたの指示通りに、動くはずです。ですから、殺すのは、簡単ですよ」

5

佐久間有也は、最後に、三十三歳の、自動車セールスマン、内海将司を、自分の部屋に呼んだ。

「あなたは、今回のゲームで、人間を一人殺した。誰を殺したかは、いいませんけど、吹っ切れたんじゃありませんか？」

佐久間有也は、内海将司の目を、じっと見つめて、いった。

「そうですね。今の時代は、意外に簡単に人が死ぬんだなと思って、ビックリしているんですよ。あんなに、簡単に死んでしまうとは、思いませんでしたから。あと一人殺せば、この椅子取りゲームは、私が、勝者になって、約束通り、四億円が、もらえるんですね？」

「そのつもりだったのですが、ここに来て、急に、三人の人間が、俺たちにも、参加させろといってきたのです。佐藤賢、小島伸一、柴田晃子の三人ですが」

「その三人なら、よく知っていますよ。同じ殺人の目撃者として、何度か、話し合ったりしましたからね」

「あの三人は、椅子取りゲームが、殺人ゲームだということを、まったく、知らないんですよ。楽しそうだから、参加させろと、いっているだけでしてね。三人とも、金が欲しい。なんとか、私に金を出させようと思っているだけ。あなたのことを警戒するようなことは、まったく、ないのです。だから、平気で騙せるし、あなたは、もう殺人者なんだ。殺し屋なんだ。だから、あの三人を殺すのも、簡単だと思っていますよ。もちろん、一人殺すごとに、一千万円は、きちんと払います。この椅子取りゲームの最後の勝者には、四億円を、支払います。これは、約束しますよ」

「警察は、どう思っているんですかね？　それが、心配です」

「警察は、皆さんのうちの誰かが死ねば、この私、佐久間有也が、松本弘志の仇を討つために、殺したと思います。あなたのところに警察が来て、あれこれ、聞いたなんてことは、ないでしょう？」

「ええ、ありませんね」

「だから、あなたには、絶対に、警察の嫌疑がかかることは、ないんです。安心して、仕事をやってください」

「新たに、三人ですか？」

「そうです。これは、噂で、聞いたのですが、今、あなたが、勤めている自動車会社は、去年は、百二十億円の赤字で、倒産寸前だそうじゃないですか。もし、倒産ということになれば、あなたは、失業してしまう。だからこそ、この椅子取りゲームに勝ち残って、四億円を、手に入れてください。私は、あなたに、いちばん期待している。だから、何か、欲しい情報があるのなら、私にいってください。私にわかる限り、あなたに、教えますよ」

十津川の机の上の紙には、人の名前や、三角形や丸が、乱雑に、書き込まれている。そのデタラメな文字や図形を見ながら、十津川は、さらに、自分の考えを、すすめていった。

6

今まで、実行されてきた死の椅子取りゲームには、最初、五人の男女が、参加していた。

すでに死亡した大石あずさ、宮田直人、そして、黒柳恵美の三人と、小川長久、内海将司の二人、合計五人で、行われていたに違いない。

生き残っている小川長久と内海将司の二人が、他の三人を、殺したのだと、十津川は、考えている。

小川長久が、誰を殺したのか、内海将司が、何人殺したのかは、わからない。

殺された三人について、一人一千万円、合計、三千万円は、小川長久と内海将司の二人に、渡されたはずである。

今回、佐久間有也は、佐藤賢、小島伸一、柴田晃子の三人を、新しく、椅子取りゲームに参加させることにした。

佐久間は、二人だけになってしまったグループの中で、あと一人、どちらかが死ねば、四億円を、支払わなければならなくなる。たぶん、それでは、佐久間は、面白くなかったのだろう。

だから、電話で、三人を誘い、前と同じ五人にした。

十津川は、亀井を呼んで、自分の想像を、伝えた。聞き終わった亀井は、興奮した顔になって、

「面白い話ですね。死を賭けた、椅子取りゲームですか」

「そのゲームには、五億円近い金がかかっている。一人殺すごとに一千万円の、報酬が手に入り、最後まで、勝ち残れば、四億円が、手に入る」

「しかし、よく、殺し合いをやりましたね。すでに、三人が死んでいるから、残りの二人が、殺したことに、なってきますね？」

「ああ、そうだ。ただ、殺しそのものは、簡単だったと思っている。最初の五人は、殺しの目撃者でもあり、法廷の証言者でもある。そんなことで、五人は、何回も会っているだろうから、お互いに、顔見知りだ。その上、殺人の目撃、法廷での証言といったことから、仲間意識というか、同志のような気持ちになっていただろうね。だか

ら、まさか、同志、あるいは仲間が、自分を殺そうとしているとは、夢にも思っていなかっただろうね。だから、簡単に、殺せたはずなんだよ」

「新しく加わった三人は、どうでしょうか？」

「もちろん、最初は、人を殺すんだから、ためらいが、あったはずだ。しかし、目の前に、四億円という大金を、ぶら下げられたら、三人とも、殺しを実行することになるんじゃないのかな？　とにかく、三人とも、金が欲しくて仕方がないんだ。それに、今の時代、簡単に人を殺すからね。それも、一人一千万円などという、大金じゃない。百万円、二百万円で、人を殺すんだ。つまり、時代の空気が、そうなっているんじゃないかと、私は、思っている。だから、前の、五人の時にも、簡単に、三人が殺されてしまった。今回残った二人と、新しい三人とで、また、椅子取りゲームをやろうとしているのだが、今回も、簡単に人が死ぬんじゃないかと思っている」

「彼ら五人は、今、どこに住み、何をしているんでしょうか？」

「前の二人、小川長久と、内海将司は、今まで通りの、自分の家か、マンションに住んでいるはずだよ。後から、参加した三人は、たぶん、佐久間有也か中田哲也が用意した、マンションにいるんじゃないのかな？　もちろん、一人一人が、別のマンションにいるはずだ。三人を一緒にしたら、お互いが、牽制し合って、椅子取りゲームに、参加しない恐れがあるからね」

「今の五人は、いつから、ゲームを始めるのでしょうか？　人を殺すことに、ためらいは、まったくないのでしょうか？」

「小川長久と、内海将司の二人には、ためらいはないはずだ。すでに、一人か二人、殺しているはずだからね。今度、新しく参加する三人は、もちろん、殺人の経験は、ないだろうが、なにしろ三人とも金に困り、そこへ、四億円プラス一千万円という、ニンジンをぶら下げられているんだからね。ためらいはあるだろうが、そのためらいを、飛び越えるのは、意外と簡単なのではないかと、思うね」

「住所のわかっている、小川長久と内海将司を、これから、逮捕したらどうでしょうか？　彼らが、死を賭けた椅子取りゲームに参加した、その経験を、話してくれれば、捜査は、一歩前進するんじゃありませんか？」

と、亀井が、いった。

「しかしね、カメさん、今のところ、小川長久にも、内海将司にも、動機がないんだ。だから、逮捕は、できないよ」

「動機なら、あるじゃありませんか。佐久間有也に、そそのかされて、死を賭けた椅子取りゲームに参加し、すでに二人で、三人を殺しています。容疑が、濃厚じゃありませんか？」

と、亀井が、いった。

「椅子取りゲームのことは、われわれが、勝手に、想像しているだけで、そんなものは知らないと、否定されてしまえば、それ以上の追及は、できないんだ」

「逮捕は、難しいですか？」

「ああ、難しいね。二人とも、去年三月五日の、殺人の目撃者で、法廷で、勇気を持って証言している。死んだ三人は、いわば、仲間なんだ。仲間を、殺すはずがない。唯一、動機があるのは、佐久間有也だけだが、彼にも、黒柳恵美殺しについては、しっかりとしたアリバイがある。だから、逮捕は、難しいよ」

しかし、十津川は、語調を変えると、

「今、危険なことが、どこかで、企《たくら》まれ、開始されようとしていると、私は、思っている。そのことについて、みんなに、相談したいと、考えているんだ」

と、いった。

十津川は、部下の刑事たちに、集まってもらった。

「今、佐久間有也を中心にして、何かが、進行している。私は、それを、椅子取りゲームと表現した。それは、ただの椅子取りゲームではない。死を賭けた椅子取りゲームだ。その椅子取りゲームには、最初、五人の男女が、参加して、すでに、そのうちの三人が死んだ。いや、正確にいえば、殺された。残ったのは、二人。そこで今度、新しく三人が参加し、再び、五人による、生死を賭けた椅子取りゲームが、始まっていると、思っている。私は、今、どんな椅子取りゲームが行われようとしているのか、それを、想像してみた。みんなに、それを、聞いてもらいたい」

十津川は、自分が想像した椅子取りゲームを、刑事たちに向かって、説明した。

一人死ぬ。いや、正確にいえば、一人殺すごとに、一千万円の大金が、支払われる。そして、最後に残った一人には、四億円が、与えられる。

こんな、椅子取りゲームが、進行しているのではないのかと、十津川は説明した後、

「これは、私の勝手な想像で、本当に、この通りのゲームが、進行しているかどうかは、不明だ。この私の想像に対して、疑問を、遠慮なくぶつけてもらいたいんだ。そうすることによって、真実に、近づけるかもしれないからね」

と、いった。

最初に、西本刑事が、口を開いた。

「今、警部は、最初に、五人が参加していて、そのうちの三人が、死んだ、いや、殺された。二人だけが残った。そこで、新たに、三人を誘い、椅子取りゲームが、再び始まったと、いわれました。一人一千万円、最後まで、残れば、四億円というのは、たいへん、魅力的だと思うのですが、八人の中には、佐久間有也に誘われた途端に、これは、間違っていると考え、警察に知らせる者が、一人ぐらいは、出るんじゃないかと、思うのです。しかし、佐藤聡を除いて今までのところ、警察に接触してきた形跡はありません。佐久間有也が、このゲームの、主宰者だとすると、どうやって、密告を防いでいるのでしょうか？　私には、それが、わかりません」

と、西本が、いった。

「確かに、君の疑問は、もっともだ。しかし、今まで、佐藤聡を除く、この八人の中から、警察に知らせてきた者は、一人もいない。それだけ、金の魅力に負けたということだろう。この八人の中で、将来の希望を持ち、金の誘惑には、負けないだろうと、思われるのは、黒柳恵美一人だけだ。彼女は大学を卒業し、大企業へ就職していた。それだけ、前途に、希望を持っている女性だから、一千万円の誘惑にも、四億円の誘惑にも、負けなかったと、私は、思っている。だから、黒柳恵美は、殺されてしまったと考えられる。ほかの二人、大石あずさは、沖縄で、事故死の形で死んだし、二人目の宮田直人は、自宅の風呂場で、自殺の形で死んでいる。はっきりと、殺しの形で死んでいるのは、今いった、黒柳恵美一人だけなんだ。ほかの二人は、余裕を持って殺されたが、黒柳恵美は、とにかく、急いで、殺されたと、私は、思っている。つまり、彼女だけが、通報する恐れがあった。だから、急いで殺された。ほかの五人は、それぞれ金が欲しいので、佐久間の誘いに乗り、警察に、通報もしなかった。私は、そう思っている」

7

続いて、北条早苗刑事が、手を挙げ、疑問を、口にした。

「警部のお話では、この椅子取りゲームの主宰者は、佐久間有也だと、いわれました。このゲームに、参加した人たちに対して、一人殺せば、一千万円、最後まで生き残れば四億円を、支払う。そういって、この危険なゲームに、参加させているのではないかと、いわれました。私にわからないのは、参加している人たちは、どうして、佐久間有也の言葉を、信じたのかということです。一人殺せば一千万円を払う。最後まで残れば、四億円を払う。そんな約束を、どうして、信じたのでしょうか？　私には、それが理解できません」

「確かに、北条刑事のいうように、この生死を賭けた椅子取りゲームに、参加した人間たちが、どうして、佐久間有也の約束を信じたのか、正直にいって、私にも、よくわからないのだ」

「一人殺すごとに、現金で、一千万円を支払っていったのではないでしょうか？　だから、参加者は、佐久間有也の言葉を、信じたのだと思いますが」

と、日下刑事が、いった。

「でも、殺す前は、一人殺したら、一千万円を払ってもらえるかどうか、不安じゃなかったのかしら？　それに──」

と、北条早苗が、いった。

「最後に一人残ったら、四億円というわけでしょう？　でも、最後に一人になったら、口封じに、佐久間有也が、その人を殺してしまうかもしれないじゃないですか？　そういう不安を、持たなかったんでしょうか？　それが不思議です」

「確かに、その危険もある。しかし、警察への通報が、ないところを見れば、このゲームに参加した人間たちは、佐久間有也の言葉を、信じたんだ。その理由は、私にも、わからない。だから、君たちにも、考えてほしい。なぜ、そんなことが、できたのかを、だ」

すぐには、刑事たちの中から、答えは出てこなかった。
五、六分の沈黙の後で、三田村刑事が、
「少し乱暴ですが、こんなことをすれば、参加者は、佐久間有也の言葉を、信じるのではないでしょうか？」

と、いった。

「どんなことを、すればいいと、君は考えたんだ？」

十津川が、きく。

「私は、こんなふうに考えたのです」

と、三田村が、いった。

「ゲームの主宰者である佐久間有也が、人を殺すんです。そうしておいて、その瞬間を、写真に撮っておきます。つまり、佐久間有也が殺人を犯したという、証拠写真です。その写真を、ゲームの参加者全員に、配るんです。その写真を、警察に持っていけば、間違いなく、佐久間有也は、殺人容疑で逮捕される。そういう写真です。それを、参加者に配れば、参加者は、佐久間有也の言葉を信じるのでは、ないでしょうか？　佐久間有也は、一人殺せば一千万円を支払うといい、最後の一人に残った人間には、四億円を、支払うといいました。もし、佐久間有也が、その約束を反故《ほご》にしたら、前に渡された殺人の証拠写真を、警察に届ければいいのです。佐久間有也は殺人罪で、間違いなく、刑務所に送られますから、まさかそんなことはしないだろうと、参加者は、思って、佐久間有也の言葉を、信じるようになったのではないでしょうか？」

「三田村刑事の考えに対して、何かいいたいことがある者は、遠慮なくいってほしい。こうやって、お互いに、意見をぶつけ合えば、少しずつ、真実に近づけると、私は思っているんだ」

と、十津川が、いった。

「私は、三田村刑事に、賛成です」

と、田中刑事が、いった。

「賛成の理由は？」

十津川が、すかさず、きく。

「佐久間有也という男が、普通の、常識的な人間ならば、三田村刑事がいうような、バカな真似はしないと、思うのです。しかし、この男は、少し異常です。だから、この男なら、やるのではないかと思うのです。今回の事件の最初は、五人の中の三人の男女が、死んだことから始まっています。喫茶店のウエイトレス、大石あずさ、売れない作家、宮田直人、大学を卒業し、大企業に勤め始めたとたんに、殺された黒柳恵美。この三人が、殺されているのですが、この中の二人は、生き残った小川長久と、内海将司が殺したと思うのです。殺して、一千万円を手にした。三人のうちの残る一人を、佐久間有也が殺したのではないかと、思いますね。そして、三田村刑事がいったように、殺しの現場を、写真に撮らせておいた。その写真を、参加者全員に、配ったんですよ。繰り返しますが、あの佐久間有也なら、そのくらいのことは、しかねませんし、そうした、いわば、捨て身の方法によって、参加者の信用を得たのではないかと、思いました」

8

今度は、片山刑事が、質問した。

「私も、警部がいわれるように、佐久間有也が、主宰者になって、生死を賭けた椅子取りゲームを、始めようとしていると、思います。しかし、佐久間は、何のために、こんなゲームをしようとしているのでしょうか？」

「それは、いうまでもなく、復讐だろう」

亀井が、いうと、片山が、

「そうなると、いったい、誰のための、復讐なんでしょうか？　松本弘志は、すでに刑務所の中で死んでしまっています。それでもなお、佐久間有也は、復讐の念に、燃えているのでしょうか？」

「佐久間有也は、死んだ松本弘志から五億円をもらっていると、いわれている。死んでしまった男のために、復讐しているというのは、一見、バカバカしいが、佐久間有也にしてみれば、五億円もの大金を、任されていれば、何かしなければいけないと、考えるのではないだろうか？　松本弘志の殺しを目撃したと、五人の人間が、法廷で証言した。佐久間有也は、この五人に、生死を賭けた椅子取りゲームを、やらせようとした。しかし、ただたんに、ゲームを始めようといっても、五人は、佐久間有也の言葉を信じようとはしないだろう。そこでまず、佐久間は、五人の中の一人、大石あずさを殺して、三田村刑事がいうように、写真に撮って、残りの四人に、その写真を、渡したのではないか？　黒柳恵美については、佐久間には、アリバイがあるから、黒柳恵美を殺したのは、五人の中の残った二人、小川長久か、内海将司だろう。そして、二人目の宮田直人も、小川長久か、内海将司のどちらかが、殺したんだ」

「もうひとつ、質問があります」

　片山刑事が、いった。

「佐久間有也は、大金を使って、この八人に椅子取りゲームを、やらせようとしています。いや、椅子取りゲームは、実行され、今は、その続きを、やろうとしています。最後に残った一人には、四億円を払うといっているわけでしょう？　佐久間が、尋常ではない神経の持ち主で、死んだ松本弘志の、復讐をやろうとしているとすれば、最後の一人だけを残しておくというのは、不自然じゃありませんか？　最後の一人を、佐久間有也は、どうするつもりなんでしょうか？」

「私は、最後には、佐久間有也が、残った一人を殺してしまうだろうと、思っている」

　と、十津川が、いった。

「そうしないと、佐久間有也の頭の中で、復讐は、完結しないのではないかと、思うからだよ」

「そうすると、佐久間有也が、参加者を、最後に裏切るということになってきますね？　そのつもりで、佐久間は、椅子取りゲームを続けようと、しているんでしょうか？」

「最後に残った一人を、佐久間有也が殺すことになれば、佐久間は、ウソを、つくことになる。あの男は、尋常な神経の持ち主では、ないんだ。だから、平気で人を騙すのだろう。騙しておいて、自分の願いは貫徹させる。そういう人間だからこそ、余計に、これからどうするつもりなのか、怖いんだよ」

十津川は、正直に、自分の考えを、いった。

「もし、佐久間有也が、そうした、決心をしているとしてですが、参加者は、それに気づいているでしょうか？」

片山が、きく。

「私は、気づいていないと、思っている。気づいていれば、今頃、警察に、通報があるはずだ」

と、十津川が、いった。

9

日下刑事が、発言した。

「警部のいわれるように、佐久間有也が、主宰する椅子取りゲームが、続いていると想定してですが、警部は、四人目の犠牲者は、誰になると、お考えですか？　それから、この殺人ゲームには、第一幕と第二幕があるような気がするのです。最初に、法廷で証言した五人が参加して、始まりました。これが、第一幕だと思うのです。この第一幕の中で、三人が殺されました。残った小川長久と内海将司は、おそらく、一人ずつ殺していて、一千万円の報酬を受け取っていると、思われます。次に、新しく三人が加わって、また、五人による椅子取りゲームが始まります。それで、質問ですが、この五人の中から一人が死ねば、殺した男には、約束通りの一千万円が支払われるわけですが、現在、佐久間有也の自宅は、われわれによって監視されています。もし、最初の一人が、死んだら、どうやって、佐久間有也は、犯人に、一千万円を、払うつもりなのでしょうか？」

「べつに、佐久間有也自身が、銀行に行ったり、銀行員を呼びつけたりしなくても、一千万円は、支払うことができると、私は思っている。誰かの口座を、どこかの銀行に作っておいて、そこに五億円を預金しておく。椅子取りゲームが、始まって、まず、一人が死ぬ。そうすると、佐久間有也は、現在行方不明の、中田哲也に、電話をするんじゃないだろうか？　中田哲也が、どこかの銀行に行って一千万円を下ろし、殺人者に手渡す。これを、防ぐためには、問題の五億円が、どこの銀行の、誰の名前の口座に、預金してあるか、それが、わからなければならない。その銀行は、なにも、東京都内とは限らないんだ。どこに、預金してあっても、下ろすことは、それほど難しいことではない。だから、佐久間有也が、中田に指示するだけで、約束の一千万円が、実行者に支払われると思うね」

「最初の五人のうち、三人が、死にました。その後、新しく三人が、ゲームに参加することになりました。ただ、佐藤賢には、二歳違いの弟、佐藤聡がいます。この大学生ですが、無事でいると、思われますか？　それとも、今のうちに、口を封じようとするかもしれません。佐藤賢の弟、聡は、われわれが、守っていかなければならないんじゃありませんか？」

「今のところ、彼が、狙われそうな状況がない。佐久間有也は、佐藤賢、小島伸一、柴田晃子、この三人だけを、新しいメンバーにして、椅子取りゲームを始めようとしていて、佐藤聡は、無視しているんじゃないか。第一、弟のほうは、何の説明も、受けていないようだから、犯人は、放っておくんじゃないだろうか？　それとも、君には、何か、心配なことでもあるのか？」

「佐藤兄弟の兄は、行方不明になっています。彼を含めた三人は、金儲けができると誘われて、姿を消しました。どこかで、いよいよ、命を賭けた椅子取りゲームが始まるわけです。人殺しをやってほしいといわれたわけですから、佐藤賢は、不安を感じるかもしれません。そうなると、佐藤賢は、大金は欲しいが、殺されるかもしれないという不安も、あります。そこで、彼は弟の聡の携帯に、電話をするんじゃないでしょうか？　誰かに、これから、自分がやることについて話したいというのは、人間の本能のようなものですからね。そうなれば、佐藤聡のほうも、真相を知って、ビックリする。佐久間有也だって、バカじゃありませんから、こういう形で、秘密が、佐藤聡に漏れることも、予想しているに違いないのです。こうなると、口封じに、佐藤聡のほうを、殺そうと考えるのではないでしょうか？　それでも、警部は、佐藤聡が安全だと、思われますか？」

「確かに、君のいう不安はあっても、佐藤聡は、安全だと思っている」

「警部が、そう考えられる理由は、何ですか？」

「佐久間有也の誘いに乗って、兄の賢は、椅子取りゲームに、参加することになった。その時に、佐久間は、佐藤賢に対して、クギを刺したと思うのだ」

「どんなことを、ですか？」

「君が、このゲームのことを、弟の聡君に話せば、聡君の口から、秘密がバレてしまう恐れがある。そうなると、私は、君の弟、聡君を、殺さなくてはならなくなる。それをよく考えて、当分、聡君には、電話しないことだ。佐久間は、そういったんじゃないだろうか？　そう、クギを刺されれば、佐藤賢も、秘密を、弟の聡に、電話で知らせるわけにはいかなくなる。そのくらいのことを、あの佐久間なら絶対にするはずだ。つまり、今は、佐藤聡を殺さない方が、兄に対して、有効な牽制になるんだ」

と、十津川が、いった。

10

十津川たちが、真剣に、部下の刑事たちと、命のやり取りが絡んだ椅子取りゲームについての議論をしている時、ひとつの動きがあった。

小川長久が、自宅から、姿を消したのである。

十津川は、すぐに、亀井と、小川長久の家に向かった。

中野区の、小川長久の家に行き、留守番をしていた妻に会って、話をきくと、

「主人は、昨日、旅行に、出かけました」

という言葉が、返ってきた。

「昨日、旅行に、出かけたのですか？」

「ええ、そうです」

「行き先がどこか、わかりませんか？」

「行き先は、知りませんけど、東京発十時〇八分の『つばさ一一一号』に、乗るといっておりました」

「『つばさ一一一号』に間違いないんですか？」

十津川が、念を押した。

「ええ、小川は、この列車に、乗ると申しておりました」

「つばさ一一一号」は、殺された黒柳恵美が、かみのやま温泉にある郷里に、帰るために乗った新幹線である。

これは、偶然なのだろうか？　それとも、何か、意味があって、小川長久は、この「つばさ一一一号」に、乗ったのだろうか？

「小川さんは、昨日、この『つばさ一一一号』に乗って東京を発った。昨日は、帰宅しなかったのですか？」

「ええ、でも、こういうことは、今までにも、何回もありましたから」

と、相手は、笑っている。

「そうすると、今日で、二日目になるわけですね？」

「ええ、そうですけど」

「昨日、どこに、泊まったのか、ご主人から、連絡はありませんでしたか？」

亀井が、きいた。

「わかりません。小川は、思い立って旅行に出ると、日帰りは、ほとんどしない人です。一週間ぐらい、泊まってくることも、ありましたから」

「ひょっとすると、小川さんは、かみのやま温泉に行っているのでは、ありませんか？」

十津川が、きいた。

「かみのやまという地名を、主人は、口にしておりませんでしたけど、どうして、刑事さんは、主人が、かみのやま温泉に行ったと、お考えになるんですか？」

「ご主人から、これまでに、かみのやま温泉という地名をお聞きになったことはありませんか？」

「ありませんけど」

「昨日、『つばさ一一一号』で、東京を出発された。今日で、二日目ですが、泊まった場所から、本当に、連絡はないんですね？」

十津川が、繰り返して、きいた。

「はい、ありません。主人は、気ままな旅行者で、いつも、帰ってくるまで、どこに行ったのか、わからない人なんです」

相手は、不満そうに、いった。

しかし、十津川には、ただの気まぐれな旅行とは、思えなかった。なにしろ、三人を加えて五人で、新しい、椅子取りゲームが始まったと、思っているからである。

こうした空気の中で、参加者の一人が、「つばさ一一一号」で、東京を離れたとなると、何かあるに違いないと思うのが、当然だった。

十津川が調べたところ、内海将司は、昨日から、今日にかけて、自宅にいることが、確認された。

そうなると、佐藤賢、小島伸一、そして、柴田晃子、この三人の中の一人が、小川長久と一緒に、動いたのではないだろうか？　そうだとすると、その人間が、危険になるし、逆に、小川長久が、危険になっているのかもしれない。十津川の想像が当たっていれば、一人一千万円なのだ。

第七章　最後の賭け

1

　小川長久は、依然として、自宅に帰った様子がない。家族は、警察に、捜索願を出すという。もちろん、捜査本部でも、小川長久の行方が、問題になっていた。

「私は、どうしても、黒柳恵美のことを、思い出してしまうんだよ」

　十津川が、刑事たちに向かって、いった。

「彼女は、六月四日、今回と同じ『つばさ一一一号』に乗った。われわれは、彼女の実家が、かみのやま温泉にあるので、かみのやま温泉に、向かったものと、思い込んでしまった。ところが、六日後の十日になって、彼女が、猪苗代湖に、死体となって浮かんでいるのが、発見された。つまり、彼女は、『つばさ一一一号』には乗ったが、かみのやま温泉には行かず、途中の駅、おそらく、郡山で降りたのに違いない。今は、そう考えている」

「今度は、同じ『つばさ一一一号』に、小川長久が、乗ったと、思われています。警部は、小川長久が、どこまで、乗ったと思われるんですか？」

きいたのは、亀井刑事だった。

「それが、わからなくて、困っているんだ。私は、今も、いったように、黒柳恵美のことを思い出してしまう。黒柳恵美を殺したのが、小川長久だとすれば、彼が向かったのは、猪苗代湖かもしれない。椅子取りゲームの問題が、起きてから、黒柳恵美を殺したのは、小川長久の可能性が強くなった。小川長久は、同じ六月四日に『つばさ一一一号』ではなく、『やまびこ一一一号』に乗っている。この二つの列車は、連結されているが、列車間は、通り抜けできない。ということで、アリバイはありそうだが、途中の駅で『やまびこ一一一号』から、『つばさ一一一号』に乗り移ることは、可能なんだ。そうやって、たぶん、小川長久は、黒柳恵美と連絡を取った。そうして、自分のアリバイを確保してから、彼女を、猪苗代湖で殺した。もし、この考えが、正しければ、今度、新しい椅子取りゲームが始まったと考えると、いちばん先に、狙われるのは、小川長久ではないか？　そう思っているんだ」

「その理由は、何ですか？」

と、西本が、きく。

「椅子取りゲームというのは、弱い者から、順番に脱落していくものなんだ。小川長久は、七十九歳。もう老人だ。それに、私の推理が正しければ、黒柳恵美を殺している」

「彼らが、大金欲しさに、命を賭けた椅子取りゲームをやっているとすれば、小川長久が黒柳恵美を殺していたとしても、そのことで、心が痛んでいるとは、思えませんが」

「確かに、そうだが、黒柳恵美の名前を使って、小川長久を、おびき出すことはできるはずだ。たとえば、彼女が死んでいた猪苗代湖の近くで、あなたの名前の入った名刺入れ、あるいは、万年筆を拾ったとでもいえば、小川は、あわてて、猪苗代湖にやってくるだろう。小川が、黒柳恵美を殺していれば、一千万円を手に入れているはずだ。その時、佐久間有也か、中田哲也が、小川に一千万円を渡しながら、油断を見すまして、彼の名前入りの小物を盗み取り、あとで利用するということだよ」

「なるほど。一千万円もの大金を手に入れて、有頂天になっている時なら、身の廻りの品が失《な》くなっても、気がつかないかもしれませんね」

「そうだよ。お互いを戦わせながら、そんなことで、佐久間は、主導権を握っていたんだ」

「しかし、それを、誰が、小川長久に伝えるんですか？」

「決まっているだろう。佐久間有也か、彼の指示で、動いている中田哲也のどちらかだ。小川長久に、そういって、『つばさ一一一号』に乗って、猪苗代湖に行かせ、同時に、ほかの四人全員にか、一人か二人にかは、わからないが、小川長久が、猪苗代湖に行くことを伝える。そして、けしかける。小川長久は、もう、老人で力がない。殺すなら、今だ。殺せば、一千万円が手に入る。そういってだよ」

「ほかの四人というと、内海将司、それから、新しく参加した、大学生の佐藤賢、失業中のサラリーマンの小島伸一、主婦で、金を借りている柴田晃子。この四人ですが、この中で、内海将司は、動いていません」

「とすれば、新しく加わった三人だ。この三人の、全員に伝えたのか、一人か二人に、指示を与えたのか、それは、わからないが、このまま行けば、間違いなく、小川長久が、殺される。椅子取りゲームで、一人、いなくなるんだ」

「場所は、どこだと、思われますか？」

「間違いなく、猪苗代湖だよ。黒柳恵美は、六月四日に、東京駅を出発した『つばさ一一二号』に乗っていて、発見されたのは、六月十日だった。六日経っている。おそらく、死体は、猪苗代湖に、投げ捨てたんだろうが、一回沈んでから浮かぶまでに、時間がかかったんだ。小川長久も、同じ目に、遭っているかもしれない」

「どうします？」

「私と亀井刑事は、これから、猪苗代湖に行ってみる。その間、君たちは、佐久間有也の動静を探り、中田哲也が、今、どこにいるか、一刻も早く、探し出すんだ」

と、十津川が、いった。

2

十津川は、その日のうちに、亀井と二人、東北新幹線で、郡山に向かった。

郡山に着くと、あらかじめ、電話をしておいたので、福島県警のパトカーが、待っていてくれた。

藤村《ふじむら》という、県警の警部が、

「そちらから、要請があったので、猪苗代湖の周辺を調べていますが、小川長久と思われる死体は、見つかっていません」

「とにかく、猪苗代湖の湖岸に、行ってください」

と、十津川は、頼んだ。

藤村警部が案内したのは、猪苗代湖の、遊覧船が出発する、営業所の場所だった。

そこには、福島県警の刑事十人が、集まっていた。

ここから発着する猪苗代湖の観光船の乗客が、黒柳恵美の死体を見つけたのである。

十津川は、東京から、用意してきた写真を、藤村警部に、渡した。それは、椅子取りゲームに参加していると思われる男女の写真だった。

小川長久、七十九歳。内海将司、三十三歳。佐藤賢、二十二歳。小島伸一、四十一歳。柴田晃子、三十六歳。小川の写真は、前にも送ってある。

この五人の顔写真を、何枚もコピーして、持ってきたのである。もう一人、念のために、中田哲也、二十八歳の写真も、用意してきていた。

「この連中が、今から一週間以内に、この猪苗代湖の周辺で、目撃されていないかを、知りたいんですよ」

十津川は、藤村に、いった。

藤村警部が、十人の刑事たちに、写真を配り、すぐ、湖畔のホテルや、旅館、あるいは、飲食店で、聞き込みをやってこいと、命じた。

県警の刑事が、一斉に、散っていった。

その直後に、遊覧船の船長から、営業所に連絡が入った。遊覧船が、こちらに帰ってくる途中で、湖面に浮かぶ死体を、発見したという知らせだった。

今、遊覧船の乗員が、その死体を引き上げ、こちらへ運んでくるということだった。

3

遊覧船は、予定時刻よりも、十二分遅れて、桟橋に帰って来た。

十津川と亀井、それに、県警の藤村警部の三人が、桟橋から、船に乗り込んでいった。

水死体は、デッキの隅に、毛布をかけて、置かれている。

観光客が、船に残って、見たがるのを、十津川たちは、乗組員と一緒になって、船から追い出し、その後で、毛布を取った。

やはり、小川長久だった。

長く、水につかっていたために、死体は醜く、膨らんでしまっている。

「背中を刺されていますよ」

と、亀井が、いった。

「おそらく、刺してから、湖に沈めたんだ」

十津川が、いった。

翌朝になって、県警の刑事たちが、聞き込みで得た情報を藤村警部を通して、十津川に伝えた。

その中に、こんな、情報があった。

猪苗代湖の北に、駅舎亭という有名な蕎麦の店がある。駅舎亭という名前は、皇室が、よく利用された国鉄時代の駅舎を移転して、店にしたから、その名があるという。

この店の名物は、鶏を使った祝言《しゅうげん》蕎麦だが、二日前に、小川長久と思われる老人と、柴田晃子と思われる中年の女性が訪れ、二人で、その名物の蕎麦を食べていったというのである。

「店員の話では、ニコニコと笑いながら、二人で、楽しそうに、蕎麦を食べていたそうですよ。時間は、午後六時過ぎ。そういっていました」

県警の刑事の一人が、報告した。

「この写真の二人であることは、確認したんだな？」

藤村が、念を押す。

「はい。しました。店員に、写真を全部並べて見せたところ、この二人を指差しました。間違いなく、小川長久と、柴田晃子です」

「どう思われますか？」

藤村が、十津川に、きく。

「たぶん、その食事の後、小川長久は、背中を刺されて、殺されたのでしょう」

「しかし、相手は、女性ですよ。いかにこちらが、七十九歳の老人でも、そう簡単に、女一人で、殺せるでしょうか？」

「いや、女性の方は、一人ではなかったと、思います」

と、十津川は、いった。

柴田晃子のほうには、もう一人、別の人間がいたのだ。ただ、駅舎亭という、蕎麦店に来たのは、柴田晃子と、小川長久の二人だけだろう。

だから、小川長久は、油断した。いや、それ以上に、柴田晃子一人なら、なんとかなる。彼女を、油断させておいて、殺せば、一千万円が手に入る。

そう思っていたに、違いない。

だが、実際には、小川長久が、殺されてしまった。

ということは、柴田晃子が、ほかの誰かと、組んでいたのだろう。

内海将司は、まだ、この時には、動いていないから、学生の佐藤賢か、あるいは、失業中のサラリーマン、小島伸一の、どちらかと、組んでいたのだろう。

おそらく、小島伸一と組んでいたに違いない。小島伸一も、柴田晃子も、それぞれ家庭があり、金に、困っている。大学生の佐藤賢よりも、組みやすかったのではないか？　もちろん、それを指示したのは、佐久間有也に違いない。

指示を受けて、柴田晃子が、小川長久に近づいて、一緒に、猪苗代湖に、やって来た。小島伸一が、小川長久に、知られないように、猪苗代湖に、先回りしていたか、後から来たのかは、わからないが、いずれにしても、小川長久が、柴田晃子と、話をしている時に、後ろからそっと近づいて、背中を刺したのだ。

そのあと、小川長久の死体を、猪苗代湖に、沈めたのではないか。

二人で殺しても、一千万円が、手に入るのだ。一人五百万円としても、失業中の小島伸一が、借金で困っている柴田晃子と組んで、小川長久を殺したとしても、それほど、驚くことではない。

十津川は、東京の西本刑事に、電話をした。

「こちらで、小川長久の死体が、見つかった。やったのは、おそらく、小島伸一と、柴田晃子だろう。そう考えると、あと、残っているのは、内海将司と、佐藤賢の二人だ。その動きに、注意しろ」

「それが、まずいことに、内海将司が、消えました」

と、西本が、いった。

「消えた？」

「はい。そうです。マンションから、突然、姿を消しました。急いで、家宅捜索の令状をもらい、内海将司のマンションに、行って調べましたが、行き先がわかるようなものは、発見できませんでした」

「それは間違いなく、内海将司と、佐藤賢の二人を、佐久間有也がけしかけたんだ。早く発見しないと、片方が殺されて、椅子取りゲームの選手が、三人になってしまうぞ」

十津川が、強い口調で、いった。

「内海将司と佐藤賢。この二人を、争わせ、片方を殺させようと、佐久間有也が考えているとしてですが、いったい、どこで、この二人が、ひとつの椅子を争うのか、見当がつきません」

「佐久間有也にしてみれば、どっちが死んでも、かまわないわけだ。今の時点で、どちらに先に死んでもらいたいと、思っているかだな」

「そうですね。内海将司と佐藤賢が争って、片方が消えても、残った三人で、次の椅子取りゲームを、しなければなりません。その時、喜んで、金のために、次の殺人に突っ走る人間のほうが、残っていて、ほしいんじゃありませんか。佐久間には」

「同感だ。佐藤賢には、弟がいる。内海将司は独身で、家族がいない。当然、最後まで、椅子取りゲームをやるのは、佐藤賢よりも、内海将司ということに、なってくるんじゃないか？」

十津川が、いうと、西本は、

「私もそう思います」

「佐久間有也は、佐藤賢には、不利な、内海将司には、有利な情報を教えるんじゃないか？　ハンデをつけて、二人に椅子取りゲームを、やらせようと思っているんだ。その線で、考えてみろ」

と、十津川が、いった。

「調べたところ、佐藤賢は、大学一年生、十九歳の時ですが、ガールフレンドとレンタカーで、奥多摩にドライブに行き、運転を誤って、崖下に、転落したそうです。彼は軽傷でしたが、助手席にいた、ガールフレンドは、転落の時に、車外に放り出され、死亡しています」

「佐藤賢は、どうなったんだ？」

「きついカーブのところで、運転不注意だったこと。それから、助手席のガールフレンドに、シートベルトを、つけさせていなかったことが、わかりましたが、実刑は受けていません。九十日間の免許停止です」

「内海将司は、前科はないのか？」

「二年前、三十一歳の時、中央線の車内で、痴漢行為をしたということで、警察に、逮捕されています。しかし、内海を、警察に告訴した女性が、告訴を取り下げてしまったので、内海は、釈放されています」

「無罪放免か」

「そこが、よく、わからないのですが、彼はその頃から、中央自動車で働いていまして、会社が、手を回して、告訴した女性に、金を払ったのではないか。そんな噂が流れたことは、確認しました。しかし、一応、告訴は、取り下げられたので、不起訴ということに、なっています」

「二人とも、弱点があるということだな」

「そうです。今、いったことが、二人の弱点といえば、弱点です。問題は、椅子取りゲームを主宰している佐久間有也が、どちらに、ハンデをつけたかということに、なってきます」

西本がいい、十津川も、考え込んでしまった。

佐久間有也に、してみれば、たぶん、若い佐藤賢を、先にゲームから消してしまいたいだろう。

それに、車の事故で、ガールフレンドを死なせてしまったことは、はっきりしたマイナス点である。

それに対して、中央線の電車内での、痴漢行為というのは、訴えた女性が、告訴を取り下げてしまったから、本人の傷にはなっていない。

「たぶん、佐久間有也は、佐藤賢を先に消すことを、考えるだろう。その線で、行動してくれ」

十津川は、西本に、いった。

た。

4

西本たちは、佐藤賢が、十九歳の時に、自動車事故を起こした奥多摩に、急行した。

佐藤賢が、殺されるとすれば、運転していた車が、十九歳の時と同じように、崖から転落しての、事故死に見せかけて、殺されるのではないかと、西本たちは考えたのである。

しかも、三年前と同じ場所で、車が転落し、死亡すれば、佐藤は、運転していた車が、現場に、さしかかった時、三年前の事故と、ガールフレンドが死んだことを思い出して、つい、運転を誤り、崖から転落し、亡くなったものと思われるだろう。そうなれば、犯人の内海将司は、警察に逮捕されず、次の椅子取りゲームに参加できるのだ。

佐久間有也の計画では、椅子取りゲームが続き、最後に一人が生き残る。その一人を、佐久間が殺すことで、彼の異常な復讐劇は完結するはずだからである。

途中で、青梅《おうめ》警察署で聞くと、昨日から今日にかけて、まだ、問題の道路で、自動車事故は、起きていないといわれた。

西本たちは、三年前の、事故の地点をはさんで、前後二百メートルの幅に隠れて、通行する車を、見張ることにした。

「はたして、佐藤賢と内海将司の二人が、ここへ来るかな？」

日下が、西本に、いう。

「警部は、ここで、内海将司が、佐藤賢を始末すると、思っている」

「三年前の、交通事故のことがあるので、ここで殺すということか？」

「そうだ」

「しかし、ここに来るという保証は、ないんだろう？」

「ないが、ほかに、考えられることもないんだ」

と、西本が、いった。

佐藤賢と内海将司が持っている車のナンバーは、控えてある。二人が、その車に乗って、ここに来るのか、それとも、レンタカーで来るのかは、わからない。正直にいえば、二人がここにやって来るという確信も、持てないのである。

次第に、周囲が暗くなってくる。

西本たちは、夜間用の双眼鏡を二台、借りてきていた。本当は、七人全員に一台ずつ借りたかったのだが、現在、使えるのが、一台しかなかったのである。その一台は、道路の反対側に隠れた刑事に渡してあった。

暗くなると、極端に、通行する車の量が、少なくなった。

西本は、通過していく車のナンバーを、夜間用双眼鏡で、一台ずつ、確認していった。

九時三十分過ぎ。

「あの車だ！」

西本が、小さく、叫んだ。

中央自動車製の乗用車。ナンバーは、内海将司の車と、同じだった。

乗っているのは、二人。どうやら、内海将司と、佐藤賢らしい。

西本は、反対側に隠れている三人に、携帯をかけて、今、問題の二人の乗った乗用車が通過したと、伝えた。

西本たちは、すぐ、隠しておいたパトカーに乗り込んで、今通過していった、中央自動車の車を、追いかけることにした。

走りながら、西本は、反対側にいる三人と連絡を取った。

「そちらで、車を確認したか？」

「いや、まだ、こちらに来ていない」

と、田中刑事が、いう。

すでに、反対側の刑事たちが、確認していなければいけない時間である。

とすれば、内海将司と佐藤賢が乗った乗用車は、どこか途中で、停まったのだ。

おそらく、三年前に、事故を起こした場所だろう。

「前方に車！」

と、助手席で、日下が、叫んだ。

なるほど、道路に、一台の車が、停まっている。

二人の男が、車の外に、出ていた。

突然、片方の男が、もう一人を、崖の下に突き落とした。

「やりやがった！」

と、日下が叫び、運転をしている西本は、相手の車にぶつけるようにして、急ブレーキをかけた。

反対側からも、パトカーが、急行してきた。

「内海将司だな？」

西本が、ガードレールに、ぶつかる格好で、立っている男に、声をかけた。

「違う」

と、男が、いう。

「違わないんだよ、その顔は」

西本は、懐中電灯の灯りを、相手の顔に向けた。

男は、まぶしそうに、目をそむける。

「間違いなく、君は、内海将司だ。今、谷底に、突き落としたのは、佐藤賢だろう？」

「いや、俺が、突き落としたんじゃない。話しているうちに、勝手に、落ちたんだ」

内海が、大声を出した。

ほかの刑事たちが、崖の下を、覗き込み、そのあと、ロープを取り出して、ガードレールに巻きつけ、刑事が二人、ロープを伝って、崖の下に、降りていった。

「見つかったか？」

上から、西本が、叫んだ。

「見つけた。だが、すでに、死んでいる。首の骨が折れている」

下から、田中刑事が、叫び返した。

「これで、あんたの容疑は、殺人になった」

内海に向かって、西本が、いった。

「俺は、殺してなんかいない。何回でもいうが、連れの男は、自分から、勝手に落っこちたんだ」

「それは、捜査本部で、きく」

と、西本が、いった。

5

西本は、青梅署に、崖から落ちた佐藤賢の死体を、一時、預かってもらうことにして、自分たちは、内海将司を、都内の捜査本部に、連行することにした。

捜査本部に戻ると、すぐ、西本は、猪苗代湖にいる十津川に、電話した。

「予想通り、今夜九時半過ぎに、内海将司が、佐藤賢を、車に乗せて、三年前の、事故現場に向かいました。すぐに、追跡したのですが、間一髪で、内海が、佐藤賢を、ガードレール越しに、崖下に、突き落としました」

「佐藤賢は、どうなった？」

「首の骨を折って、死にました。殺人容疑で、今、内海将司を、捜査本部に連行して、これから、尋問するところです」

「明日、早朝、そちらに戻る」

と、十津川が、いった。

電話を切ってから、西本は、内海将司と、向かい合った。

「真相を、話してもらいたいな」

いきなり、西本は、内海に、いった。

「真相だって？　何のことか、俺には、わからないな」

「じゃあ、ひとつひとつ、聞いていくことにしよう。今日、奥多摩で、一緒にいたのは、いったい誰だ？」

「佐藤賢という、大学生だよ」

「どういう関係なんだ？」

「去年の三月五日に起きた殺人事件の、目撃者は、ほかに八人いた。いろいろとあって、仲良しになった。その目撃者の一人だよ。前から、つき合っていたんだ」

「その佐藤賢と、夜遅く、何をしに、奥多摩へ行ったんだ？」

「少しドライブしたいというので、俺の車に乗せて、ドライブしていたんだ。そうしたら、急に、あそこで、停まってくれといわれたので、いわれたままに、停まったら、昔、ここで、交通事故を起こして、ガールフレンドを、死なせてしまった。そんなことをいうのさ。じっと、谷底を見ているうちに、急に飛び込んじゃったんだ。それだけだよ。俺は、何もしていない」

「君は、佐久間有也という男を、知っているね？」

「いや、知らないね」

「それでは、中田哲也、通称、テッちゃんは、知っているかね？」

「いや、その人も、まったく知らないよ。そんな名前、あの八人の目撃者の中にも、入っていないし、初めて聞く名前だから、わからないな」

「じゃあ、目撃者の八人は、知っているわけだな？　君を入れて九人だ」

「もちろん、知っているよ。今もいったように、同じ体験をしたので、仲良しになったんだ」

「その仲良しになった八人だが、今日、佐藤賢が死んだ。これで、死者は、五人になった。残るのは、君を入れて、あと四人。五人死んだということは、こちらの計算では、五千万円の金が動いたことになる。君は、いくらもらったんだ？」

「お金なんか、一銭ももらっていないよ」

「今日、君は、一人殺した。佐藤賢をだ。間違いなく、佐久間有也に、一千万円をもらうことになる。それを期待して、佐藤賢を、崖から突き落として、殺したんじゃないかね？」

「何のことか、わからないね。一千万円なんて大金、見たこともない」

「椅子取りゲームというのを、知っているね？」

「名前は知っているが、やったことはないよ」

何か先回りした感じで、思わず、西本は、苦笑してしまった。

「本当に、椅子取りゲームを、知らないのかね？」

「今までに、一度もやったことがないからね」

「君が勤めている中央自動車では、事業がうまくいっている頃、毎年十月に、運動会をやっていたね。そこで、君は、間違いなく、椅子取りゲームを、やっているんだ」

西本は、机の引き出しから、古い運動会の写真を取り出して、内海の前に置いた。

「これは、君だろう？　椅子をいくつか、真ん中に置いて、社員がグルグル回っている。間違いなく、君は、椅子取りゲームを、やったことがあるんだ」

「うーん。ああ、あったね。今、思い出した。それがどうかしたのか？」

「今は、命を賭けて、椅子取りゲームをやっているんじゃないのかね？　一人消えると、一千万円の金が、動く。すでに、五人死んでいるから、五千万円の金が、動いたんだ」

「変なことをいうのは、やめてくれ。それでなくたって、今、中央自動車は、うまくいかなくて、俺は、リストラされそうなんだから」

「それで、金欲しさに、今回、椅子取りゲームに、参加しているのか？」

「さっきから、椅子取りゲーム、椅子取りゲームって、いってるが、おれには、何のことか、わからないよ」

「確か、最初は、五人で始めたんだ。法廷で、松本弘志が犯人であることを証言した、五人で始めた。たちまち三人が、死んでしまうと、今度は、目撃したが、証言しなかった三人を入れて、また、五人で、椅子取りゲームを始めたんじゃないのか？小川長久のことは、知っているね？」

「ああ、知っているよ。同じ殺人の目撃者だからね」

「その小川長久が、殺されて、猪苗代湖に浮かんでいた。犯人は、小島伸一と、柴田晃子の二人だと、われわれは、見ている。次は、君と小島伸一、柴田晃子の三人で、椅子取りゲームを始めて、一人だけ残ったら、四億円をもらえる。そういうゲームじゃないのかね？」

「そんなお伽話《とぎばなし》は止めてくれ」

と、内海は、肩をすくめた。

西本は、そこで、最初の尋問は止め、所持品を預かることにした。

財布（十二万三千円入り）
キーホルダー（車のキー、マンションのキー）
名刺入れ（中央自動車営業部の肩書きつきの名刺二十枚）
カード二枚（キャッシュカード、Mデパートのカード）
ボールペン
腕時計（シチズンのクォーツ時計）
ブレスレット（中央自動車のマーク入り）

「そのブレスレットは、おれが、車のセールスで、台数ベスト五《ファイブ》に入った年に、会社からもらったものだから、失くさないようにしてくれよ」

と、内海が、いう。

「失くすはずがないだろう」

と、西本は、苦笑した。

翌日、昼近くになって、十津川と亀井が、捜査本部に、帰ってきた。

「内海将司は、どうしている？」

十津川が、西本に、きいた。

「尋問を続けていますが、椅子取りゲームについては、知らぬ存ぜぬです。昨夜、われわれの目の前で、佐藤賢を、崖下に突き落として殺したのですが、その件に関しても、佐藤が、勝手に崖下に飛び降りた。そういっています」

「証拠は？」

「証拠はありません。突き落としたように見えましたが、証拠写真は、撮っていませんので、わかりません」

「佐久間有也には、今も、監視をつけているね？」

「はい。つけています。四人の刑事が二交代で、佐久間有也の家を、見張っています」

「内海将司を、殺人容疑で逮捕したことは、佐久間有也に、伝えてあるのか？」

「夜が明けてから、一応、電話で、伝えておきました」

十津川は、亀井と二人、取調室に、内海将司を入れて、尋問することにした。

内海と向かい合うと、いきなり、十津川は、

「内海将司、三十三歳か。若いな」

と、いった。

内海は、あっけにとられている。

「私は四十歳だし、こちらの亀井刑事は、四十五歳だ。だから、君の若さが、うらやましいんだよ。前途洋々じゃないか」

「それなら、すぐに、釈放してくださいよ。青春を謳歌したくて、うずうずしているんだ」

「昨日、君は、奥多摩で、佐藤賢という二十二歳の学生を、崖から、突き落としたそうじゃないか？」

「何回も、こっちの刑事さんに、いっていますが、突き落としたりなんかしていませんよ。佐藤賢が、勝手に、飛び降りたんだ。確か、あの場所で、三年前に交通事故を起こして、ガールフレンドを、死なせてしまった。彼は、そういっていましたからね。おそらく、あそこへ来た時、発作的に、自殺をする気になって、飛び降りたんじゃありませんか？」

「去年三月五日の、殺人事件の目撃者は、お互い、仲良くやっているそうだね？」

「ええ、そうなんですよ。みんな仲良しで、時には、会って、話をしたりしますよ」

「九人の中の五人が、死んでしまった。これについては、どう思うのかね？」

「わかりません」

「君が、もし、五人の被害者のうちの、二人を殺していれば、間違いなく、死刑だよ。だから、君の若さが、もったいないと思うんだ。あとまだ、三十年も四十年も生きられるのに、死刑になったら、三十三歳で、君の生涯は、終わってしまう」

「俺は、一人も殺していませんよ」

「そうだったね。昨夜の事件は、佐藤賢が、勝手に飛び降りた。そういうわけだね？」

「ええ、そうですよ。勝手に飛び降りたんだ。こっちは、あっけにとられたんですよ。咄嗟《とっさ》だから、腕を摑んで、止めるわけにもいきませんからね」

「なるほど。一応、君のいい分は、いい分として聞いておこう。しかし、いかにも、君の若さが、惜しい。目撃者二人の死に、君が関係しているとなると、今もいったように、君は、三十三歳で、死ぬことになるんだ。間違いなく、死刑になる。ただし、君たちの背後に、佐久間有也という男がいて、彼の口車に、乗せられて、死を賭けた椅子取りゲームを始めてしまったことが証明されれば、君は、死刑にはならないだろう。あと三十年も四十年も、生きられるんだよ」

「惜しいねえ、三十三歳」

亀井も、相槌《あいづち》を打った。

「変なことを、いわないでくださいよ」

「変なことじゃないから、たいへんなんだよ。私は、君より十二年も、長生きしてい
る。特に、三十代は楽しかった。結婚もしたし、家内と一緒に、旅行もした。生きているからこそ、それができるんだよ。その点、君は惜しい。警部は優しくいっている
けど、私からいえば、二人も殺しているから、間違いなく、死刑だな」

このあと、亀井は、黙ってしまい、十津川も、口を閉ざしてしまった。

それに反比例して、内海は、落ち着かない顔になった。

「まさか、罪をでっち上げて、俺を、死刑にするんじゃないんだろうね？」

と、内海が、いった。

少し、顔色が変わっている。

十津川が、笑って、

「なるほど、でっち上げか。九人のうち、五人が死んでしまっているから、でっち上
げても、誰も疑わないな」

「そうですよ、誰も疑いませんよ」

亀井も、合わせて、強調した。

「何を、バカなことを、いっているんですか」

「バカなことじゃないよ。君は、佐久間有也を、知らないといった。しかしね、こっちは、ちゃんと、調べているんだよ。佐久間有也が、大金を出して、君たち八人に、殺し合いをさせている。最後に残った一人には、何億円も、払うといっているんだろう？　しかしね、佐久間有也は、われわれに、いったんだよ。最後の一人は、私が殺す。それで、好きだった松本弘志の仇討ちが、できるとね。だから、君は、裁判で有罪になり、死刑にならなくても、おそらく最後には、佐久間有也に、殺されるんだ。君だって、そのくらいのことは、わかっているんじゃないのか。わかっていないんだったら、君ほど、バカな人間はいないよ。一人殺して一千万円という契約かもしれないが、最後には一人になって、佐久間有也に殺されて、二人殺して、手にした二千万円の金も、全部取り上げられてしまうんだ」

十津川が、熱っぽく話すと、今度は、先に、内海のほうが、黙ってしまった。

間をおいてから、十津川が、

「いい忘れたがね、君が殺人容疑で逮捕されていることは、佐久間有也に、伝えておいたよ。たぶん、佐久間は、君が逮捕されて、何もかも、ペラペラしゃべったと、思っているはずだ。もし、証拠不十分で、君が釈放されたとする。そうなったら、君は間違いなく、殺されるね」

「俺を脅しても、駄目ですよ。俺は、一人も殺していないんだ。佐藤賢だって、勝手に、飛び降りたんで、あれは、どう見ても、自殺ですよ」

十津川は、四十八時間経って、内海将司を、釈放することにした。

十津川は、釈放にあたって、預かっていた所持品を、内海に返却した。

「この中に、どうして携帯がないのか、不思議だった」

と、十津川は、内海に、いった。

「車のセールスで、飛び廻っているんだから、携帯がいちばん必要じゃないかと思うんだが、なぜ持ってないんだ？　交信記録を調べられるのが、怖いのか？」

「勘ぐりは、やめてくださいよ。ただ、携帯が苦手なだけなんだから」

釈放が決まって、内海は、勝ち誇ったように、いった。

それでも、十津川は、この男には珍しく、未練がましく、

「その無骨なブレスレットは、何なんだ？　まるで、大きな手錠じゃないか。そんなものは、さっさと捨てて、携帯を持つべきだろう」

内海は、十津川が、口惜しがるのとは逆に、嬉しそうに笑った。

「これは、おれが、中央自動車の社員、それも、優秀な社員である証拠なんですよ。見てください。中央自動車のマークが、ちゃんと入っているでしょう。警察は、おれを、殺人犯みたいに見てますが、このブレスレットを見れば、サラリーマン、それも、中央自動車の正社員だとわかるはずです。捨てるなんて、とんでもない」

「勝手にしろ！」

最後は、十津川は、怒鳴った。

内海将司の釈放には、彼を逮捕した西本刑事が、最後まで、反対した。

いつもの十津川なら、刑事たちの話をよく聞くのだが、今回だけは、なぜか、引かなかった。

「証拠不十分なんだ。このままでは、起訴しても、公判で負ける。だから、釈放だ」

十津川は、大声を出した。

それが、内海にも聞こえたらしい。彼はニヤッとして、

「警部も、たいへんですね」

と、皮肉をいった。

「さっさと帰れ」

と、十津川は、怒って、内海の背中を押した。

少しよろけたが、それでも、内海は笑っていた。

6

内海は、自宅マンションに帰ると、すぐ、佐久間有也に、電話をした。

「今、釈放されて、帰りました」

と、いうと、佐久間は、

「よく帰れたわね」

「証拠不十分ですよ。俺を、逮捕するなんて、最初から、無理だったのに、十津川という警部、あるいは、部下の刑事たちが、なんとかして、俺を、留置しようとしていたんだけど、やっぱり無理だったみたいで、悔しがりながら、俺を、釈放したんですよ」

「まさか、今回のこと、ペラペラ、しゃべったんじゃないでしょうね？」

「しゃべったりしませんよ。俺は、金が欲しいんだ。あんたの申し出を、無駄にしたくないんだ。俺一人が、最後まで生き残ったら、四億円くれる。これは、間違いないんだろうね？」

「間違いないわ。ただ、あなたは、長い時間、留置されていたのよ。その間のことが、信用できない」

「信用してくれないと困るな。俺がペラペラしゃべっていたら、今頃、そこへ、刑事たちが、押しかけてきていますよ。証拠不十分だから、釈放されたんだ」

「それなら、あたしを、裏切っていないことを証明してみせてくれない？」

と、佐久間が、いった。

「どうすれば、いいんだ？」

「ゲームで、生き残っているのは、あなたと小島伸一と柴田晃子の、三人だけ。この二人を、今までの要領で、消してくれれば、あなたのいうことを、信じるわ。その時には、四億円プラス四千万円は、あなたのものよ」

と、佐久間が、いう。

「小島伸一と柴田晃子の二人を、一度にか？」

「そう、一度に」

「難しいな。一人だって、殺すのは、たいへんなんだ」

「でも、この二人は、簡単よ」

「どうして？」

「この二人が組んで、小川長久を、殺したの。それで、気をよくして、これからも、たぶん、二人で組んで、ゲームに、参加すると思うの。それを、逆に利用すれば、二人いっぺんに殺せる。やってごらんなさい」

「しかし、二人だからな」

「大丈夫よ。私が、うまく計画するし、テッちゃんも、あなたを助けるから」

「二人一緒に殺せば、二千万円もらえるんですね？　それを、約束してくれないと、やる気になれない」

「大丈夫よ。二千万円は払うし、あなた一人が残ったら、約束通り、四億円払うわ」

「お膳立ては、そっちで、やってくれるんですね？」

「大丈夫、任せなさい。あなたを信用しているからこそ、こうして、計画を話しているんだから」

「俺一人生き残ったら、四億円くれるというのも、間違いないんでしょうね？」

「大丈夫。警察で、何を聞かされたか知らないけど、絶対に、約束は守るから、安心しなさいよ」

と、佐久間が、いった。

「いったん電話を切って、こちらから、かけ直すから」

「俺のことを、信用していないんですか？」

「一応、信用しているけど、用心の上にも用心だから。今だって、あなたは、警察から、電話しているのかもしれないじゃないの」

「わかりましたよ。じゃあ、こっちの部屋に、電話してください。そうすれば、俺が今、自宅マンションにいることが、わかるから」

と、内海が、いった。

電話を切ると、すぐ、佐久間から、電話がかかってきた。

「俺のこと、信用しましたか？」

「ええ、一応はね。だから、あなたに、最後のゲームを頼むわけ。計画を立てておくから、一時間後に、私に電話してきて」

と、佐久間が、いった。

一時間経ってから、内海が、電話して、

「俺のことを信用してくれましたか？」

「信用したわ。ただし、これからの行動が、大事。それいかんによって、あなたに、四億円を払うか、払わないか、決めるから」

「どうすれば、いいんですか？」

「私の新しい軽井沢の別荘、知っているかしら？」

「新しい別荘ですか？」

「前の別荘は、警察に知られているから、新しい別荘を用意したのよ。ＪＲの軽井沢駅で降りたら、草津行のバスに乗って。五つ目が、Ｍというバス停。そこで降りて、五、六分歩けば、私の新しい別荘よ」

「表札が、出ているんですか？」

「バカね。その代わりに、木製の塀に、エアブラシで、ＬＯＶＥ＆ＰＥＡＣＥと書いてあるから、すぐわかるわよ。落書きっぽくね。それに、バス停Ｍで降りれば、テッちゃんが迎えに出てるわ」

「ＬＯＶＥ＆ＰＥＡＣＥですか。ゲーム感覚ですね」

「私には、殺人もゲームなの」

「わかりました」

「じゃあ、すぐ、そこへ行って。いっておくけど、絶対に、警察に尾行されちゃ、駄目よ」

「尾行はありません。尾行したら告訴すると、脅しておきましたからね。それで、例の二人は？」

「二人にも、新しい軽井沢の別荘に行くように、いってあるわ」

「ただ行けと、いっているだけですか？」

「そうじゃない。あの二人には、あなたを殺せといってある」

「冗談じゃない」

「バカね。あの二人を、油断させるためにいっていることじゃないの。二人は、あなたを殺そうとしているのを知られてないと思っている。だから、油断してるはずよ。いいこと、あそこの冷蔵庫には、ブランド物のワインが、二本入っていて、赤ワインのほうは、何も、入っていないけど、白ワインのほうには、青酸を、入れてある。それを、うまく、あの二人に、飲ませるの。そうすれば簡単に、あの二人は死ぬわ」

「あんたは、どうするんです？」

「私は、こちらに残っている。なにしろ、ずーっと、刑事が、交代で、私の家を、見張っているから。私が、こちらにいる限り、警察は、逮捕できない。何かあったら、電話を、ちょうだい。ただ、あたしの代わりに、テッちゃんが、もう、向こうの別荘に行っているから、何かと、あなたを、助けてくれるはずよ」

と、佐久間は、いった。

内海は、自分の車は、駐車場に置いたまま、タクシーを呼んだ。乗り込んで、運転手に、東京駅という。

東京駅で車から降りると、内海は一応、新幹線の大阪までの切符を買い、それを使わずに、逆に、八重洲口から駅を出て、そこからもう一度、タクシーを、拾った。

「まっすぐ軽井沢」

と、内海は、いった。

途中で、何度も後ろを見たが、警察の車が、尾行している気配は、まったく、なかった。

内海将司は、JR軽井沢駅前から、草津行のバスに乗った。五つ目のバス停Mで降りると、中田哲也が、待っていた。

「これから行く別荘は、警察には知られていません。安心して使ってください。今までの軽井沢の別荘は、すでに売り払ってありますから」

中田が、内海に、いった。

なるほど、塀には、エアブラシで、LOVE&PEACEと書いてあった。

中田は、その別荘の中に、内海を招じ入れると、まず、灯りをつけた。

「どうです？　今頃の軽井沢は、涼しいから、クーラーが要らないんですよ」

内海を、キッチンに案内し、大きな冷蔵庫を、開けて、説明した。

「この大きな冷蔵庫には、三日分の料理に必要なものが、入っています。ステーキ用の肉、魚、野菜、調味料なども、全部揃っていますよ。問題は、この、二本のワインです。佐久間さんが、いったと思うんですが、赤のワインには、毒は入っていません。だから、二人を迎えたら、まず、赤のワインで、乾杯する。あなたも飲んで、相手を、安心させるんです。その後で、白いワインを、出す。そのほうには、青酸が、入っていますから、あなたは、飲んではいけない」

その後、中田は、腕時計に目をやり、

「まもなく、二人が、着きますよ。私は、家の外で、様子を、見ています。庭に、大きな酒樽を改造した、一人か二人で使える小屋があるんですよ。そこに、私はいますから、何かあれば、呼んでください。私も佐久間も、あなたの味方ですから」

なるほど、庭に目をやると、高さ三メートル近い、大きな酒樽があって、それを改装して、小屋にしてある。そこには、窓がついていて、一人か二人の人間が、泊まれるようになっていた。

それから、十分ほどして、小島伸一と柴田晃子が、別荘に、着いた。

なぜか、小島伸一も柴田晃子も、ニコニコしていた。

おそらく、二人で、小川長久を消したので、五百万ずつの金が、佐久間から二人に渡ったからだろう。

「ここへ来る前に、佐久間さんにいわれたんですよ」

と、柴田晃子が、いう。

「これからも、椅子取りゲームを、続けるにしても、少し休みなさい。軽井沢の別荘に行き、そこには、内海さんが、いるから、三人で、三日間、何もかも忘れて、ゆっくりと、過ごしなさい。そのあとで、椅子取りゲームを続けるつもりなら、また、続ければいい。そういわれましてね」

その言葉に、内海は、調子を合わせて、

「そうですね。三日間、何もかも忘れて、この軽井沢で、楽しく過ごしましょうか。ここのキッチンには、大きな冷蔵庫があるから、どうです？　今日は、肉料理でも、作ろうじゃありませんか？」

と、いった。

三人で、協力してステーキが焼かれ、野菜サラダが、テーブルにのった。

内海は、赤ワインのボトルを取り出して、テーブルの上に置き、三人分のグラスを持ってきて、各自の前に、置いた。

「ラベルを見ると、フランス産の、赤ワインですね。まず、三日間の平和を祈って、乾杯しようじゃありませんか？」

内海が、三人のグラスに、赤ワインを注いでいった。

「まさか、このワインに、毒なんか入っていないでしょうね？」

小島伸一が、いう。

内海は、笑って、

「それが心配なら、まず、私が、飲みますから、その後で、安心して、飲んでください」

そういって、内海が、グラスに手をかけた時、突然、食堂に続く廊下に、激しい足音が、聞こえてきた。

思わず三人が、顔を見合わせた時、食堂のドアを、蹴破るようにして、西本刑事たちが、飛び込んできた。

「そのワインを飲んだら、三人とも死ぬぞ！」

と、西本刑事が、怒鳴った。

内海が笑って、

「死になんかしません。毒なんか入っていませんよ」

「じゃあ、飲んでみるか？」

西本が、じっと見つめると、急に、内海の顔に、おびえの色が、浮かんだ。

それを見て、西本が、

「佐久間有也から、赤ワインは、安全だ。だから、毒が、入っていないことを見せて、全員で飲む。白ワインのほうには、青酸が入っている。赤ワインで、安心させておいてから、白ワインを、そこにいる二人に、飲ませろ。そういわれたんじゃないのか？」

内海は、黙ってしまった。

その時、二人の刑事が、庭の酒樽を、利用して作った小屋から、中田哲也を、捕まえて、引きずってきた。

刑事が、中田を、空いている椅子に、強引に、座らせた。

西本が、内海のグラスを、奪い取るようにして、中田の前に置き、

「飲んでみろ」

と、いった。

中田は、顔を背けるようにして、

「俺、ワインは嫌いだから」

「いつから、嫌いになったんだ？　お前のことを調べたら、ワインでも、シャンパン

でも、飲むそうじゃないか？　とにかく飲んでみろ」

「飲みたくない」

「そいつを、押さえつけて、口を開けさせろ」

西本が、怒鳴った。

二人の刑事が、中田の顔を押さえつけ、口を開けさせる。

西本が、赤ワインのグラスを、押しつけると、突然、中田が、悲鳴を上げた。

「助けてくれ！」

西本は笑って、

「死にたくないか。正直だな」

その後、西本は、呆然としている、小島伸一と柴田晃子の二人に、目を向けた。

「あんたたちは、佐久間有也に、何といわれて、この別荘に来たんだ？」

「佐久間さんが、いったんですよ。疲れたろうから、二、三日、私の軽井沢の別荘で、休養を取りなさい。内海さんも、そこに、行っているから、一緒に、ゆっくりと、食事をとり、ワインを楽しんだらいい。その後、椅子取りゲームを、続けるかどうかを考えなさい。そういわれたんです」

と、小島が、いった。

「三人で、この赤ワインで、乾杯したら、三人とも死ぬところだったんだよ。佐久間有也にしてみれば、ここで目撃者が、全員死んでしまえば、復讐は完結するからね。危なかったんだ」

「どうして、警察が、知っているんですか？」

と、内海が、きいた。

「それは、あんたが、腕にはめているブレスレットだよ」

と、西本が、いった。

「あんたを逮捕した時、所持品を預かった。その時、あんたが、自慢している大きなブレスレットに、注目した。あの大きさなら、今の超小型の盗聴装置なら、楽に組み込めると思ったんだよ。思った通り、組み込めた。しかし、あんたが、そのブレスレットを捨ててしまったら、せっかくの苦労が台無しになるから、警部が、わざと、あんたに、そんなものは、さっさと捨てろ、といったんだ。警察が捨てろといえば、逆に、絶対捨てないと、警部は、読んだんだよ」

「畜生！」

「おかげで、あんたが、マンションに帰って、佐久間有也に電話して、どんなことを喋ったかも、わかった。この別荘に来る途中で、中田哲也と、どんな話をしたのかも聞いた。だから、確信したんだ。ワインには、赤も白も、すべて、青酸がはいっているとね」

そのあと、西本は、十津川に、電話をかけた。

「今、佐久間の軽井沢の別荘にいます。残りの三人も、危うく死ぬところでしたが、われわれが駆けつけて、防ぐことができました。中田哲也も、ここに逮捕していま す。これから、どうしますか？」

「私と亀井刑事は、まもなく、そちらに着く、そうだな。中田哲也を使って、佐久間有也を、そこに呼び出せ。計画通り、全員が死んだ。それを確認しに軽井沢に来てくれと、いわせるんだ。私と亀井が、その前に、そこに着く」

7

三十分後に、十津川と亀井が、別荘に、到着した。

来る途中、十津川は、佐久間有也の家を監視している刑事たちに、撤収を命じていた。佐久間が、自由に動けるようにである。

二時間半後に、佐久間は、自分で、フェラーリを運転して、別荘にやって来た。

玄関から、笑顔で入って来た佐久間は、食堂の光景を見て、立ちすくんだ。

テーブルの前には、たった一人、中田哲也が、椅子に腰をおろしているのだが、その彼には手錠がかけられ、椅子に、縛りつけられていたからである。

テーブルの上には、赤ワインのボトルと、注がれたグラスが三つ、並んでいる。まだ、事態が飲み込めない感じの佐久間は、

「どうしたんだ？」

大声で、中田に向かって、怒鳴った。

中田が答える前に、十津川が、入って来た。

「もう、終わったんだよ」

十津川は、そういって、佐久間に笑いかけた。

佐久間の顔色が変わった。それでも、虚勢を張った。

「まだ、終わっているものか！」

と、叫ぶ。

十津川は、そんな佐久間に、向かって、

「まだ、終わっていないというなら、目の前のワインを飲んでみろ。飲めるのか？」

十津川自身は、自分の近くにあったグラスを、手に取った。

「では、乾杯しよう」

佐久間も、負けずに、手前の、グラスを手に取ったが、その手が、小刻みに震えている。

「さあ乾杯だ」

十津川がいった時、突然、佐久間は、手に持ったグラスを、投げてきた。

グラスが壁に当たって砕け散り、ワインが壁に、血のような、赤い点滴を作っていく。

「やはり、もう終わりだな」

と、十津川が、落ち着いた声で、いった。

二〇〇九年四月　カッパ・ノベルス
二〇一二年五月　光文社文庫

本作品はあくまで小説であり、作品内に描かれていることはすべてフィクションです。

|著者|西村京太郎　1930年東京都生まれ。'63年「歪んだ朝」でオール讀物推理小説新人賞を受賞。'65年『天使の傷痕《しようこん》』で江戸川乱歩賞を受賞。'78年に鉄道ミステリー第一作となる『寝台特急殺人事件』を発表。'81年『終着駅殺人事件』で日本推理作家協会賞長編部門を受賞。2005年に日本ミステリー文学大賞を、'19年には「十津川警部シリーズ」で吉川英治文庫賞を受賞した。著作数は640冊を超える。2022年3月逝去。

つばさ111号《ごう》の殺人《さつじん》
西村京太郎《にしむらきようたろう》

講談社文庫
定価はカバーに
表示してあります

2023年10月13日第1刷発行

発行者――髙橋明男
発行所――株式会社　講談社
東京都文京区音羽2-12-21　〒112-8001
電話　出版（03）5395-3510
　　　販売（03）5395-5817
　　　業務（03）5395-3615
Printed in Japan

KODANSHA

デザイン―菊地信義
本文データ制作―講談社デジタル製作
印刷―――株式会社KPSプロダクツ
製本―――株式会社国宝社

ISBN978-4-06-533446-1

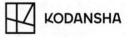

講談社文庫刊行の辞

二十一世紀の到来を目睫に望みながら、われわれはいま、人類史上かつて例を見ない巨大な転換期をむかえようとしている。

世界も、日本も、激動の予兆に対する期待とおののきを内に蔵して、未知の時代に歩み入ろうとしている。このときにあたり、創業の人野間清治の「ナショナル・エデュケイター」への志を現代に甦らせようと意図して、われわれはここに古今の文芸作品はいうまでもなく、ひろく人文・社会・自然の諸科学から東西の名著を網羅する、新しい綜合文庫の発刊を決意した。

激動の転換期はまた断絶の時代である。われわれは戦後二十五年間の出版文化のありかたへの深い反省をこめて、この断絶の時代にあえて人間的な持続を求めようとする。いたずらに浮薄な商業主義のあだ花を追い求めることなく、長期にわたって良書に生命をあたえようとつとめるところにしか、今後の出版文化の真の繁栄はあり得ないと信じるからである。

同時にわれわれはこの綜合文庫の刊行を通じて、人文・社会・自然の諸科学が、結局人間の学にほかならないことを立証しようと願っている。かつて知識とは、「汝自身を知る」ことにつきていた。現代社会の瑣末な情報の氾濫のなかから、力強い知識の源泉を掘り起し、技術文明のただなかに、生きた人間の姿を復活させること。それこそわれわれの切なる希求である。

われわれは権威に盲従せず、俗流に媚びることなく、渾然一体となって日本の「草の根」をかたちづくる若く新しい世代の人々に、心をこめてこの新しい綜合文庫をおくり届けたい。それは知識の泉であるとともに感受性のふるさとであり、もっとも有機的に組織され、社会に開かれた万人のための大学をめざしている。大方の支援と協力を衷心より切望してやまない。

一九七一年七月

野間省一

講談社文庫 最新刊

一穂ミチ
スモールワールズ
ささやかな日常の喜怒哀楽を掬《すく》い集め、共感と絶賛を呼んだ小説集。書下ろし掌編収録。

藤井聡太　丹羽宇一郎
考えて、考えて、考える
次々と記録を塗り替える棋士と稀代の経営者。八冠達成に挑む天才の強さの源を探る対談集。

パリュスあや子
隣人Ｘ
2023年12月1日、映画公開！　世相を鋭く描いた第14回小説現代長編新人賞受賞作。

西村京太郎
つばさ111号の殺人
殺人事件の証人が相次いで死に至る。獄中死した犯人と繋がる線を十津川警部は追うが。

五十嵐律人
不可逆少年
殺人犯は13歳。法は彼女を裁けない——。『法廷遊戯』の著者による、衝撃ミステリー！

伊藤穰一
〈増補版〉
教養としてのテクノロジー
〈AI、仮想通貨、ブロックチェーン〉
テクノロジーの進化は、世界をどう変えるか。経済、社会に与える影響を、平易に論じる。

麻耶雄嵩
メルカトル悪人狩り
傲岸不遜な悪徳銘探偵・メルカトル鮎《あゆ》が招く難事件！　唯一無二の読み味の8編を収録。

神楽坂　淳
夫には 殺し屋なのは内緒です
隠密同心の嫁の月《つき》は、柳生の分家を実家に持つ、優秀な殺し屋だった！〈文庫書下ろし〉

講談社文庫　最新刊

くどうれいん　うたうおばけ
最注目の著者が綴《つづ》る、「ともだち」との嘘みたいな本当の日々。大反響エッセイ文庫化！

木内一裕　ブラックガード
誘拐、殺人、失踪の連鎖が止まらない！　映画化で人気の探偵・矢能シリーズ、最新作。

木原浩勝　増補改訂版　ふたりのトトロ
〈―宮崎駿と『となりのトトロ』の時代―〉
『トトロ』はいかにして生まれたのか。元ジブリ制作デスクによる感動ノンフィクション！

舞城王太郎　畏《おそ》れ入谷《いりや》の彼女の柘榴《ざくろ》
そうだ。不思議が起こるべきなのだ。唯一無二の〝奇譚〟語り。舞城ワールド最新作！

和久井清水　かなりあ堂迷鳥草子《めいちょうぞうし》2　盗蜜《とうみつ》
鶯替《うそかえ》、付子《つけこ》、盗蜜…江戸の「鳥」たちをめぐる謎の答えは？　書下ろし時代ミステリー！

トーベ・ヤンソン　スナフキン　名言ノート
スナフキンの名言つきノートが登場！　こころにしみ入ることばが読めて、使い方は自由！

講談社タイガ

友麻　碧　水無月家の許嫁3
〈天女降臨の地〉
葉《よう》が生贄《いけにえ》に捧げられる儀式が迫る。六花《りっか》は儀式を止めるため、輝夜姫《かぐやひめ》としての力を覚醒させる！

友麻　碧　傷モノの花嫁
一族から「猿臭い」と虐げられた少女は、〝皇國の鬼神〟に見初められる。友麻碧の新シリーズ！

内藤　了　迷《まよい》塚《づか》
〈警視庁異能処理班ミカヅチ〉
その女霊に魅入られてはならない。家が焼け、そなたは死ぬ。異能警察シリーズ第4弾！

京須偕充
圓生の録音室
解説＝赤川次郎・柳家喬太郎
昭和の名人、六代目三遊亭圓生の至芸を集大成したレコードを制作した若き日の著者が、最初の訪問から永訣までの濃密な日々のなかで受け止めたものとはなにか。
978-4-06-533350-4
きＬ１

伊藤痴遊
続　隠れたる事実　明治裏面史
解説＝奈良岡聰智
維新の三傑の死から自由民権運動の盛衰、日清・日露の栄光の勝利を説く稀代の講釈師は過激事件の顚末や多くの疑獄も見逃さない。戦前の人びとを魅了した名調子！
978-4-06-532684-8
いＺ２

講談社文庫　目録

長嶋　有　夕子ちゃんの近道
長嶋　有　佐渡の三人
長嶋　有　もう生まれたくない
永嶋恵美　擬態
永井　均　内田かずひろ 絵　子どものための哲学対話
なかにし礼　戦場のニーナ
なかにし礼　生きる力〈心でがんに克《か》つ〉
なかにし礼　夜の歌(上)(下)
中村文則　最後の命
中村文則　悪と仮面のルール
中田整一 編／解説　真珠湾攻撃総隊長の回想〈淵田美津雄自叙伝〉
中田整一　四月七日の桜〈戦艦「大和」と伊藤整一の最期〉
中村江里子　女四世代、ひとつ屋根の下
中野美代子　カスティリオーネの庭
中野孝次　すらすら読める方丈記
中野孝次　すらすら読める徒然草
中山七里　贖罪の奏鳴曲《ソナタ》
中山七里　追憶の夜想曲《ノクターン》
中山七里　恩讐の鎮魂曲《レクイエム》
中山七里　悪徳の輪舞曲《ロンド》
中山七里　復讐の協奏曲《コンチェルト》
長島有里枝　背中の記憶
長浦　京　赤《セキ》刃《ジン》
長浦　京　リボルバー・リリー
長浦　京　マーダーズ
中脇初枝　世界の果てのこどもたち
中脇初枝　神の島のこどもたち
中村ふみ　天空の翼　地上の星
中村ふみ　砂の城　風の姫
中村ふみ　月の都　海の果て
中村ふみ　雪の王　光の剣
中村ふみ　永遠《とわ》の旅人　天地の理《ことわり》
中村ふみ　大地の宝玉　黒翼《こくよく》の夢
中村ふみ　異邦の使者　南天の神々
夏原エヰジ　Ｃｏｃｏｏｎ
夏原エヰジ　Ｃｏｃｏｏｎ２〈修羅の目覚め〉
夏原エヰジ　Ｃｏｃｏｏｎ３〈蠱惑の焔〉
夏原エヰジ　Ｃｏｃｏｏｎ４〈幽世の祈り〉
夏原エヰジ　Ｃｏｃｏｏｎ５〈宿縁の大樹〉
夏原エヰジ　Ｃｏｃｏｏｎ５〈瑠璃の浄土〉
夏原エヰジ　連理の宝〈Ｃｏｃｏｏｎ外伝〉
夏原エヰジ　Ｃｏｃｏｏｎ〈京都・不死篇―蠢《しゅん》―〉
夏原エヰジ　Ｃｏｃｏｏｎ〈京都・不死篇2―疼《とう》―〉
夏原エヰジ　Ｃｏｃｏｏｎ〈京都・不死篇3―愁《しゅう》―〉
夏原エヰジ　Ｃｏｃｏｏｎ〈京都・不死篇4―嗄《か》―〉
夏原エヰジ　Ｃｏｃｏｏｎ〈京都・不死篇5―巡《めぐる》―〉
長岡弘樹　夏の終わりの時間割
ナガノ　ちいかわノート
西村京太郎　華麗なる誘拐
西村京太郎　寝台特急「日本海」《メモリー・トレイン》殺人事件
西村京太郎　十津川警部　帰郷・会津若松
西村京太郎　特急「あずさ」《アリバイ・トレイン》殺人事件
西村京太郎　十津川警部の怒り
西村京太郎　宗谷本線殺人事件
西村京太郎　奥能登に吹く殺意の風
西村京太郎　特急「北斗1号」《スーサイド・トレイン》殺人事件
西村京太郎　十津川警部　湖北の幻想
西村京太郎　九州特急「ソニックにちりん」殺人事件

西村京太郎　東京・松島殺人ルート
西村京太郎　新装版　殺しの双曲線
西村京太郎　新装版　名探偵に乾杯
西村京太郎　南伊豆殺人事件
西村京太郎　十津川警部　青い国から来た殺人者
西村京太郎　新装版　天使の傷痕
西村京太郎　新装版　D機関情報
西村京太郎　十津川警部　猫と死体はタンゴ鉄道に乗って
西村京太郎　韓国新幹線を追え
西村京太郎　北リアス線の天使
西村京太郎　十津川警部　長野新幹線の奇妙な犯罪
西村京太郎　上野駅殺人事件
西村京太郎　京都駅殺人事件
西村京太郎　沖縄から愛をこめて
西村京太郎　十津川警部「幻覚」
西村京太郎　函館駅殺人事件
西村京太郎　内房線の猫たち〈異説里見八犬伝〉
西村京太郎　東京駅殺人事件
西村京太郎　長崎駅《ナガサキ・レディ》殺人事件
西村京太郎　十津川警部　愛と絶望の台湾新幹線
西村京太郎　西鹿児島駅殺人事件
西村京太郎　札幌駅殺人事件
西村京太郎　十津川警部　山手線の恋人
西村京太郎　仙台駅殺人事件
西村京太郎　七人の証人〈新装版〉
西村京太郎　十津川警部　両国駅3番ホームの怪談
西村京太郎　午後の脅迫者〈新装版〉
西村京太郎　びわ湖環状線に死す
西村京太郎　ゼロ計画《プラン》を阻止せよ〈左文字進探偵事務所〉
仁木悦子　猫は知っていた〈新装版〉
新田次郎　新装版　聖職の碑《いしぶみ》
日本文芸家協会編　愛染夢灯籠〈時代小説傑作選〉
日本推理作家協会編　犯人たちの部屋〈ミステリー傑作選〉
日本推理作家協会編　隠された鍵〈ミステリー傑作選〉
日本推理作家協会編　Play《プレイ》推理遊戯〈ミステリー傑作選〉
日本推理作家協会編　Doubt《ダウト》きりのない疑惑〈ミステリー傑作選〉
日本推理作家協会編　Bluff《ブラフ》騙し合いの夜〈ミステリー傑作選〉
日本推理作家協会編　ベスト8ミステリーズ2015
日本推理作家協会編　ベスト6ミステリーズ2016
日本推理作家協会編　ベスト8ミステリーズ2017
日本推理作家協会編　2019ザ・ベストミステリーズ
日本推理作家協会編　2020ザ・ベストミステリーズ
二階堂黎人　ラン迷宮〈二階堂蘭子探偵集〉
二階堂黎人　増加博士の事件簿
二階堂黎人　巨大幽霊マンモス事件
新美敬子　猫のハローワーク
新美敬子　猫のハローワーク2
新美敬子　世界のまどねこ
西澤保彦　新装版　七回死んだ男
西澤保彦　人格転移の殺人
西澤保彦　夢魔の牢獄
西村　健　ビンゴ
西村　健　地の底のヤマ(上)(下)
西村　健　光陰の刃《やいば》(上)(下)
西村　健　目撃
楡　周平　修羅の宴(上)(下)
楡　周平　バルス

講談社文庫　目録

楡　周平　サリエルの命題
西尾維新　クビキリサイクル〈青色サヴァンと戯言遣い〉
西尾維新　クビシメロマンチスト〈人間失格・零崎人識〉
西尾維新　クビツリハイスクール〈戯言遣いの弟子〉
西尾維新　サイコロジカル(上)〈兎吊木垓輔の戯言殺し〉／(下)〈曳かれ者の小唄〉
西尾維新　ヒトクイマジカル〈殺戮奇術の匂宮兄妹〉
西尾維新　ネコソギラジカル(上)〈十三階段〉
西尾維新　ネコソギラジカル(中)〈赤き征裁vs.橙なる種〉
西尾維新　ネコソギラジカル(下)〈青色サヴァンと戯言遣い〉
西尾維新　ダブルダウン勘繰郎《かんぐろう》 トリプルプレイ助悪郎《スケアクロウ》
西尾維新　零崎双識の人間試験
西尾維新　零崎軋識《ぜろざききししき》の人間ノック
西尾維新　零崎曲識の人間人間
西尾維新　零崎人識の人間関係 匂宮出夢との関係
西尾維新　零崎人識の人間関係 無桐伊織との関係
西尾維新　零崎人識の人間関係 零崎双識との関係
西尾維新　零崎人識の人間関係 戯言遣いとの関係
西尾維新　xxxHOLiC アナザーホリック ランドルト環《かん》エアロゾル
西尾維新　難民探偵

西尾維新　少女不十分
西尾維新　本題〈西尾維新対談集〉
西尾維新　掟上《おきてがみ》今日子《きょうこ》の備忘録
西尾維新　掟上今日子の推薦文
西尾維新　掟上今日子の挑戦状
西尾維新　掟上今日子の遺言書
西尾維新　掟上今日子の退職願
西尾維新　掟上今日子の婚姻届
西尾維新　掟上今日子の家計簿
西尾維新　掟上今日子の旅行記
西尾維新　新本格魔法少女りすか
西尾維新　新本格魔法少女りすか2
西尾維新　新本格魔法少女りすか3
西尾維新　新本格魔法少女りすか4
西尾維新　人類最強の初恋
西尾維新　人類最強の純愛
西尾維新　人類最強のときめき
西尾維新　人類最強のsweetheart
西尾維新　りぽぐら！

西尾維新　悲鳴伝
西尾維新　悲痛伝
西尾維新　悲惨伝
西尾維新　悲報伝
西尾維新　悲業伝
西村賢太　どうで死ぬ身の一踊り
西村賢太　夢魔去りぬ
西村賢太　藤澤清造追影
西村賢太　瓦礫の死角
西川善文　ザ・ラストバンカー〈西川善文回顧録〉
西川　司　向日葵《ひまわり》のかっちゃん
西　加奈子　舞台
丹羽宇一郎　民主化する中国〈習近平がいま本当に考えていること〉
貫井徳郎　新装版 修羅の終わり(上)(下)
貫井徳郎　妖奇切断譜
額賀　澪　完パケ！
A・ネルソン　「ネルソンさん、あなたは人を殺しましたか?」
法月綸太郎　法月綸太郎の冒険
法月綸太郎　新装版 密閉教室

法月綸太郎 怪盗グリフィン、絶体絶命
法月綸太郎 怪盗グリフィン対ラトウィッジ機関
法月綸太郎 キングを探せ
法月綸太郎 名探偵傑作短篇集 法月綸太郎篇
法月綸太郎 新装版 頼子のために
法月綸太郎 誰《たそ》彼《がれ》〈新装版〉
法月綸太郎 法月綸太郎の消息
法月綸太郎 雪 密 室
乃南アサ 不 発 弾〈新装版〉
乃南アサ 地のはてから(上)(下)
乃南アサ チーム・オベリベリ(上)(下)
野沢 尚 破線のマリス
野沢 尚 深 紅
野村克也 宮本慎也 師 弟
乗代《のりしろ》雄介《ゆうすけ》 十七《じゅうしち》八《はち》より
乗代雄介 本物の読書家
乗代雄介 最高の任務
橋本 治 九十八歳になった私
原田泰治 わたしの信州
原田泰治 原田武雄 泰治が歩く〈原田泰治の物語〉
林 真理子 みんなの秘密
林 真理子 ミスキャスト
林 真理子 ミ ル キ ー
林 真理子 新装版 星に願いを
林 真理子 野心と美貌〈中年心得帳〉
林 真理子 正 妻(上)(下)〈慶喜と美賀子〉
林 真理子 大《お》原《はら》御《ご》幸《こう》〈帯に生きた家族の物語〉
林 真理子 さくら、さくら〈おとなが恋して〉〈新装版〉
林 真理子 見城 徹 過剰な二人
原田宗典 スメル男〈新装版〉
帚木蓬生 日 御 子(上)(下)
帚木蓬生 襲 来(上)(下)
坂東眞砂子 欲 情
畑村洋太郎 失敗学のすすめ
畑村洋太郎 失敗学実践講義〈文庫増補版〉
はやみねかおる 都《ま》会《ち》のトム&ソーヤ(1)
はやみねかおる 都《ま》会《ち》のトム&ソーヤ(2)〈乱! RUN! ラン!〉
はやみねかおる 都《ま》会《ち》のトム&ソーヤ(3)〈いつになったら作戦《ミッション》終了?〉
はやみねかおる 都《ま》会《ち》のトム&ソーヤ(4)〈四重奏《カルテット》〉
はやみねかおる 都《ま》会《ち》のトム&ソーヤ(5)〈IN《イン》塀戸《VADE》〉(上)(下)
はやみねかおる 都《ま》会《ち》のトム&ソーヤ(6)〈ぼくの家へおいで〉
はやみねかおる 都《ま》会《ち》のトム&ソーヤ(7)《怪人は夢に舞う〈理論編〉》
はやみねかおる 都《ま》会《ち》のトム&ソーヤ(8)《怪人は夢に舞う〈実践編〉》
はやみねかおる 都《ま》会《ち》のトム&ソーヤ(9)〈前夜祭《EVE》 内人《ないと》side〉
はやみねかおる 都《ま》会《ち》のトム&ソーヤ(10)〈前夜祭《EVE》 創也《そうや》side〉
原 武史 滝山コミューン一九七四
濱 嘉之 警視庁情報官〈シークレット・オフィサー〉
濱 嘉之 警視庁情報官 ハニートラップ
濱 嘉之 警視庁情報官 トリックスター
濱 嘉之 警視庁情報官 ブラックドナー
濱 嘉之 警視庁情報官 サイバージハード
濱 嘉之 警視庁情報官 ゴーストマネー
濱 嘉之 警視庁情報官 ノースブリザード
濱 嘉之 ヒトイチ 警視庁人事一課監察係
濱 嘉之 ヒトイチ 画像解析〈警視庁人事一課監察係〉
濱 嘉之 ヒトイチ 内部告発〈警視庁人事一課監察係〉
濱 嘉之 新装版 院内刑事《デカ》

講談社文庫　目録

濱　嘉之　新装版院内刑事〈ブラック・メディスン〉
濱　嘉之　院内刑事〈フェイク・レセプト〉
濱　嘉之　院内刑事　ザ・パンデミック
濱　嘉之　院内刑事　シャドウ・ペイシェンツ
濱　嘉之　プライド　警官の宿命
馳　星周　ラフ・アンド・タフ
畠中　恵　アイスクリン強し
畠中　恵　若様組まいる
畠中　恵　若様とロマン
葉室　麟　風渡る
葉室　麟　風の軍師〈黒田官兵衛〉
葉室　麟　星火瞬く
葉室　麟　陽炎《かげろう》の門
葉室　麟　紫匂う
葉室　麟　山月庵茶会記
葉室　麟　津軽双花
長谷川　卓　嶽《がく》神《じん》〈上・白銀《しろがね》渡り〉〈下・湖底の黄金〉
長谷川　卓　嶽神伝《がくじんでん》　鬼哭《きこく》(上)(下)
長谷川　卓　嶽神列伝　逆渡《さかわた》り
長谷川　卓　嶽《がく》神《じん》伝《でん》　血路
長谷川　卓　嶽《がく》神《じん》伝《でん》　死地
長谷川　卓　嶽神伝　風花(上)(下)
原田マハ　夏を喪くす
原田マハ　風のマジム
原田マハ　あなたは、誰かの大切な人
畑野智美　海の見える街
畑野智美　南部芸能事務所 season5 コンビ
早見和真　東京ドーン
はあちゅう　半径5メートルの野望
はあちゅう　通りすがりのあなた
早坂　吝《やぶさか》　○○○○○○○○殺人事件
早坂　吝　虹の歯ブラシ〈上木《かみき》らいち発散〉
早坂　吝　誰も僕を裁けない
早坂　吝　双蛇《そうじゃ》密室
浜口倫太郎　22年目の告白〈―私が殺人犯です―〉
浜口倫太郎　廃校先生
浜口倫太郎　AI崩壊
原田伊織　明治維新という過ち〈日本を滅ぼした吉田松陰と長州テロリスト〉
原田伊織　列強の侵略を防いだ幕臣たち〈続・明治維新という過ち〉
原田伊織　虚像の西郷隆盛　虚構の明治150年〈明治維新という過ち・完結編〉
原田伊織　三流の維新　一流の江戸〈明治は「徳川近代」の模倣に過ぎない〉
葉真中《はまなか》　顕《あき》　ブラック・ドッグ
原　雄一　宿命〈國松警察庁長官を狙撃した男・捜査完結〉
濱野京子　with you《ウィズユー》
橋爪駿輝　スクロール
平岩弓枝　花嫁の日
平岩弓枝　はやぶさ新八御用旅(一)〈東海道五十三次〉
平岩弓枝　はやぶさ新八御用旅(二)〈中仙道六十九次〉
平岩弓枝　はやぶさ新八御用旅(三)〈日光例幣使道の殺人〉
平岩弓枝　はやぶさ新八御用旅(四)〈北前船の事件〉
平岩弓枝　はやぶさ新八御用旅(五)〈諏訪の妖狐〉
平岩弓枝　はやぶさ新八御用旅(六)〈紅花染め秘帳〉
平岩弓枝　新装版はやぶさ新八御用帳(一)〈大奥の恋人〉
平岩弓枝　新装版はやぶさ新八御用帳(二)〈江戸の海賊〉
平岩弓枝　新装版はやぶさ新八御用帳(三)〈又右衛門の女房〉
平岩弓枝　新装版はやぶさ新八御用帳(四)〈鬼勘の娘〉
平岩弓枝　新装版はやぶさ新八御用帳(五)〈御守殿おたき〉

平岩弓枝　新装版 はやぶさ新八御用帳(六)〈春月の雛〉
平岩弓枝　新装版 はやぶさ新八御用帳(七)〈寒椿の寺〉
平岩弓枝　新装版 はやぶさ新八御用帳(八)〈春怨　根津権現〉
平岩弓枝　新装版 はやぶさ新八御用帳(九)〈王子稲荷の女〉
平岩弓枝　新装版 はやぶさ新八御用帳(十)〈幽霊屋敷の女〉
東野圭吾　放　課　後
東野圭吾　卒　業
東野圭吾　学生街の殺人
東野圭吾　魔　球
東野圭吾　十字屋敷のピエロ
東野圭吾　眠りの森
東野圭吾　宿　命
東野圭吾　変　身
東野圭吾　仮面山荘殺人事件
東野圭吾　天使の耳
東野圭吾　ある閉ざされた雪の山荘で
東野圭吾　同　級　生
東野圭吾　名探偵の呪縛
東野圭吾　むかし僕が死んだ家

東野圭吾　虹を操る少年
東野圭吾　パラレルワールド・ラブストーリー
東野圭吾　天空の蜂
東野圭吾　名探偵の掟
東野圭吾　悪　意
東野圭吾　嘘をもうひとつだけ
東野圭吾　赤い指
東野圭吾　流星の絆
東野圭吾　新装版 浪花少年探偵団
東野圭吾　新装版 しのぶセンセにサヨナラ
東野圭吾　新　参　者
東野圭吾　麒麟の翼
東野圭吾　パラドックス13
東野圭吾　祈りの幕が下りる時
東野圭吾　危険なビーナス
東野圭吾　時《トキ》生《オ》〈新装版〉
東野圭吾　希望の糸
東野圭吾　どちらかが彼女を殺した〈新装版〉
東野圭吾　私が彼を殺した〈新装版〉

東野圭吾作家生活25周年祭り実行委員会　東野圭吾公式ガイド〈読者1万人が選んだ東野作品人気ランキング発表〉
東野圭吾作家生活35周年実行委員会 編　東野圭吾公式ガイド〈作家生活35周年ver.〉
平野啓一郎　高　瀬　川
平野啓一郎　ド　ー　ン
平野啓一郎　空白を満たしなさい(上)(下)
百田尚樹　永遠の0《ゼロ》
百田尚樹　輝　く　夜
百田尚樹　風の中のマリア
百田尚樹　影　法　師
百田尚樹　ボックス！(上)(下)
百田尚樹　海賊とよばれた男(上)(下)
平田オリザ　幕が上がる
東　直子　さようなら窓
蛭田亜紗子　凛
樋口卓治　ボクの妻と結婚してください。
樋口卓治　続・ボクの妻と結婚してください。
樋口卓治　喋　る　男
平山夢明　魂《たま》豆《どう》腐《ふ》〈大江戸怪談どたんばたん(土壇場譚)〉
平山夢明　宇佐美まこと ほか　超怖い物件

講談社文庫　目録

東川篤哉　純喫茶「一服堂」の四季
東山彰良　流《りゅう》
東山彰良　女の子のことばかり考えていたら、1年が経っていた。
平田研也　小さな恋のうた
日野　草　ウェディング・マン
平岡陽明　僕が死ぬまでにしたいこと
ビートたけし　浅草キッド
ひろさちや　すらすら読める歎異抄《たんにしょう》
藤沢周平　新装版 春 秋の檻〈獄医立花登手控え(一)〉
藤沢周平　新装版 風雪の檻〈獄医立花登手控え(二)〉
藤沢周平　新装版 愛憎の檻〈獄医立花登手控え(三)〉
藤沢周平　新装版 人間の檻〈獄医立花登手控え(四)〉
藤沢周平　新装版 闇の歯車
藤沢周平　新装版 市　塵 (上)(下)
藤沢周平　新装版 決闘の辻
藤沢周平　新装版 雪明かり
藤沢周平　義民が駆ける〈レジェンド歴史時代小説〉
藤沢周平　喜多川歌麿女絵草紙
藤沢周平　闇の梯子
藤沢周平　長門守の陰謀
古井由吉　この道
藤田宜永　樹下の想い
藤田宜永　女系の総督
藤田宜永　女系の教科書
藤田宜永　血の弔旗
藤田宜永　大雪物語
藤　水名子　紅嵐記 (上)(中)(下)
藤原伊織　テロリストのパラソル
藤本ひとみ　新・三銃士 少年編・青年編〈ダルタニャンとミラディ〉
藤本ひとみ　皇妃エリザベート
藤本ひとみ　失楽園のイヴ
藤本ひとみ　密室を開ける手
藤本ひとみ　数学者の夏
福井晴敏　亡国のイージス (上)(下)
福井晴敏　終戦のローレライ I～IV
藤原緋沙子　遠　花火〈見届け人秋月伊織事件帖〉
藤原緋沙子　春《はる》疾風《はやて》〈見届け人秋月伊織事件帖〉
藤原緋沙子　暖《ぬくめ》鳥《どり》〈見届け人秋月伊織事件帖〉
藤原緋沙子　霧の路《みち》〈見届け人秋月伊織事件帖〉
藤原緋沙子　鳴《なる》子《こ》守《もり》〈見届け人秋月伊織事件帖〉
藤原緋沙子　夏ほたる〈見届け人秋月伊織事件帖〉
藤原緋沙子　笛吹川〈見届け人秋月伊織事件帖〉
藤原緋沙子　青《せい》嵐《らん》〈見届け人秋月伊織事件帖〉
椹野道流　亡羊の嘆〈鬼籍通覧〉
椹野道流　新装版 暁天の星〈鬼籍通覧〉
椹野道流　新装版 無《む》明《みょう》の闇〈鬼籍通覧〉
椹野道流　新装版 壺《こ》中《ちゅう》の天〈鬼籍通覧〉
椹野道流　新装版 隻《せき》手《しゅ》の声〈鬼籍通覧〉
椹野道流　新装版 禅《ぜん》定《じょう》の弓〈鬼籍通覧〉
椹野道流　池《ち》魚《ぎょ》の殃《わざわい》〈鬼籍通覧〉
椹野道流　南《なん》柯《か》の夢〈鬼籍通覧〉
深水黎一郎　ミステリー・アリーナ
藤谷　治　花や今宵の
古市憲寿　働き方は「自分」で決める
船瀬俊介　かんたん「1日1食」!!〈万病が治る！ 20歳若返る！〉
藤野可織　ピエタとトランジ
古野まほろ　身元不明《ジェーンドゥ》〈特殊殺人対策官 箱崎ひかり〉

2023年 9 月 15 日現在